涙雨の季節に蒐《しゅう》集《しゅう》家《か》は、

太田紫織

角川文庫
22713

目次

プロローグ

その日は金色の雨が降っていた。

小学一年生の頃。

季節は夏。

時間は夕暮れの少し前。

大好きな伯父《おじ》さんと、春光台《しゅんこうだい》公園でキャンプをした時のことだ。

ハンモックに揺られて読書をはじめた伯父さんを尻目《しりめ》に、小さな僕は森の中に冒険の旅に出た。

普段なら大人の側を離れない僕が、あの日どうしてそんな大胆な事を出来たのかは、今でもよくわからない。

けれどずんずんと歩いて、水芭蕉《みずばしょう》の群生する森の中にたどり着き——そして、雨が降り出した。

遠く聞こえていた音が、遠雷だったと気がついた時にはもう、僕はずぶ濡《ぬ》れになっていた。

暑い夏の細い雨、不思議と空は明るく、木漏れ日に照らされた雨は金色に輝き、辺りはモヤのようにけぶっている。

寒くはなかった。

温かく細かい雨はシャワーのように優しくて、僕は逆に嬉《うれ》しくなった。

こんなずぶ濡れになってと、心配性の母さんなら怒るだろう。でも今日僕を待っているのは伯父さんだ。

伯父さんはどんな悲しい事も、楽しくしてしまう人だ。きっとずぶ濡れで戻ったって、大笑いして迎えてくれるだろう。

だから僕は気にしなかった――ぬかるみに足を取られて、泥の中に膝《ひざ》を突いてしまってもだ。

森は雨の中でも小鳥の声がして、明るく、雨は優しく、そして夢の中のように綺麗《きれい》だった。

生まれて初めて、そうだ楽しかった。

降る雨が楽しかった。

――その声がするまでは。

獣の吠《ほ》え声なのかと思った。

急に小鳥は囀《さえず》るのをやめ、あたりはしん……となって、ノイズのような雨音だけに支配された。

人の息づかいを感じた――そうして、気がついた。

枯れた水芭蕉の生える湿地、透明な水に雨がいくつも波紋を作るその中に、『その人』はいた。

水の中に膝を突いて。

ほっそりとしなやかに長い手足、白い肌――最初僕は、『その人』は妖精《ようせい》なのかと思った。

湖に住む妖精だ。

ちょうどそんな本を読んだばっかりだったし、本当にまるで、人間のようには見えなかった。

幼心にその時、僕はその人の事を美しいと思った。

光と静寂の中に、確かに異界の美を見たのだ。

でもそれは――それは、その腕に抱かれたモノがいったいなんなのか知った時、一瞬にして恐怖に変わった。

妖精でも、天使でも、神様でもなかった。

全身から血の気が引いた。

――チガウ。コノヒト　ハ　悪魔　ダ。


耳元にサラサラ響く雨音を、心臓の音がかき消す。

恐怖、嫌悪――震える足と、上がる心拍数。喉《のど》の奥から今にも飛び出しそうな悲鳴……全身が危険だと警鐘をけたたましく鳴らしている。

逃げなければ。今すぐ逃げなければ。

まるで悪夢の中にいるように、普段よりも重く、鈍く感じる身体を奮い立たせ、『その人』から逃げる。

涙と雨でぐしゃぐしゃな視界の中を必死に走った。

大丈夫、気づかれていないはず、今なら逃げられる――けれどそういう僕の希望的観測を、伸びてきた白い腕が奪った。

長く細く白い手が。

恐怖が弾《はじ》けた。

平静でいるには僕はまだ幼く、弱すぎた。

『いい子だね、ぼうや。君が涙をくれるなら、今日は特別に許してあげるよ――でも、絶対にこの事は、誰にも話してはいけないよ。もし話してしまったら……』

泣きながら意識を手放した筈《はず》の僕が目を覚ましたのは、伯父さんのテントの中だった。近くの公園のベンチで、雨の中眠っているのを、ちょうど通りかかった伯父さんの知り合いが、心配して連れてきてくれたという事だった。

今でも思う、あれは現実だったのか、それとも夢だったのか。

でもあの金色にけぶる森で見た光景を、声を、匂いを、僕はいまだに忘れていない。

七歳の夏の日、僕は雨の中で悪魔に出会った。

第壱話　旭川の伯父さん

壱

その日、僕は母さんの車で旭川《あさひかわ》に向かっていた。

遅咲きの桜が散り始める頃。

入れ替わりのように桜よりも少しくすんだピンクや紫色のライラックが咲き始める、五月の後半。

この時期、札幌《さっぽろ》から旭川へ北上する高速道路の景色は、トンネルをひとつ越える度、季節をほんの少し巻き戻しているように見える。

北に進むごとに、冬に帰っていくような。

朝からずっと降り続いている雨のせいかもしれないけれど。

灰色の空と、冷たい雨が降りしきるこの時期を、北海道ではリラ冷えと呼ぶ。

北海道の俳人、故・榛谷美枝子《はんがいみえこ》さんが作った季語なのだそうだ。

『リラ冷えや睡眠剤はまだきいて』という名句は、見る度とても怖くなってしまう。

冷たい雨の中で震えるライラック、それを睡眠剤を飲んでぼんやりとしたまま詠んだ気持ちを思うと、心の中まで凍えてしまいそうな気がするのだ。

充分暖かい筈の車内で確かな冷気を感じて、僕はぎゅっと握った拳《こぶし》をもう片方の手で、温めるようにさすった。

「具合は大丈夫？　車の中、寒いかしら？」

そんな僕を心配するように、隣でハンドルを握る母さんが声をかけてきた。

「ううん、大丈夫だよ」

いつの間にかラジオは消されていて、車内に音はない。

ただかっこ、かっこと、規則正しく動くワイパーの音と、道路の水を弾くタイヤの音だけが響いている。

母さんが不意に溜息《ためいき》を洩《も》らした。

「やっぱり、来ない方が良かったかしら。青音《あおと》も家にいたかったわよね」

「…………」

「次の出口で、札幌に引き返そうか？」

「でも、そんな事をしたら、伯父《おじ》さんはどうするの？　僕たち以外に誰も来ないんでしょ？」

「……そうね。葬儀屋さんだって困るわよね」

母さんがもう一度溜息をついた。

「ごめんね、貴方《あなた》まで……でも私一人だと大変だから、貴方も一緒の方がいいって」

「わかってる。心配しなくていいよ。それに僕は――僕は、伯父さんが大好きだったから」

「…………」

今度は母さんが黙る番だった。僕の心配だけでなく、きっと母さん自身が本当はあんまり行きたくないんだろう。

僕は伯父さんが大好きだった。

でも、母さんはそうじゃないから。

亡くなった旭川の伯父さんは、六人いた母さんの兄姉の一番上で、何年も母さん達とは絶縁状態だった人だ。

その実父である祖父は明るく、人好きのする人だったけれど、酔うと豹変《ひょうへん》した。時々家族に暴力を振るった。

そしてそれは、祖父が認知症を患ってからもだった。僕がまだ小学生の頃だったけれど、母さん達がその対応に随分苦労していたのは、僕の中にも悲しい思い出として残っている。

でも伯父さんは、長らく祖父と縁を切っていた。

だから弟妹達が、父親の介護で困っている時にも、伯父さんはひとり沈黙を貫いた。

祖父は生涯で三人奥さんを持ち、伯父さんはただ一人、最初の奥さんの子供だったという事もあってか、少し他人行儀な部分が元々あったらしい。

祖父に勘当され、自らも縁を絶っていた事もわかる。

でも――それでも弟妹達は、兄の無情を許せなかった。

だから伯父さんの急な訃報《ふほう》を受けても、伯父さんを見送る事を拒否したのだ。

けれど誰かがその遺体を引き取って、弔わなければならない。

その役目を買って出たのは、末っ子である母さんだった。

母さんはとにかく優しい人なのだ。

やっとの事で受かった京都大学なのに、すっかり萎《しお》れて実家に帰って来たあげく、部屋から出ることすら出来なくなった僕を、叱りもせずにいてくれたように。

「本当に大丈夫なの？　深川《ふかがわ》で引き返してもいいのよ？　道の駅で釜飯《かまめし》を食べて帰りましょう？　大好きだったでしょ？」

また母さんが不安そうに聞いてきた。

「大丈夫だって。それに伯父さんは、僕のことをすごく可愛がってくれてたじゃないか」

「そうね……お兄さんは、睦美《むつみ》姉さんと、貴方の事だけは特別気に入っていたからね」

また、溜息が零《こぼ》れた。

「……母さんこそ大丈夫？」

「…………」

すぐに返事はなかった。

「……でも、青音が一緒に行ってくれるって、そうやって外出する元気を取り戻してくれたんだもの、悪い事だけじゃないんだわ」

別に元気になったわけじゃないし、僕と違って悪い部分よりも良い部分を探すのが好きな、母さんらしい切り替えの良さに、ふ、と苦笑いが洩れてしまう。

確かに札幌に帰ってきて、外出できたのは今日が初めてだ。

でもそのくらい、僕は伯父さんが大好きだったのだ。

「旭川に行くのも、随分久しぶりじゃない？」

「ああ……うん、高校の時、友達と動物園に行って以来」

「動物園か……もう少し時間があったら良かったわね」

母さんが残念そうにぽつりと呟《つぶや》いた。

「仕方ないよ、仕事、一日しか休めなかったんでしょ？」

母さんは普段父の歯科医院で、歯科衛生士として働いているのだ。

「ええ、だから遺品の整理や諸々《もろもろ》の手続きは全部、葬儀屋さんにお任せしてるの」

「へえ……葬儀屋さんって、そんな事もしてくれるんだ？」

「お義姉《ねえ》さんが亡くなった時にお世話になった所みたいで、一応お兄さんも自分の時の事をお願いしていたみたいなの。専属の遺品整理士さんと、相続コーディネーターの方がいらっしゃるんですって」

「ふうん？」

イヒンセイリシに、ソウゾクコーディネーター……そんな仕事があるのかと、母さんから聞いて初めて知った。

でも遺品、相続……という言葉が、ふいにズン、と胸に響いた。

正直、なんだか実感がわかなかったのだ——伯父さんが死んでしまったっていう事が。

流れる景色を見た。

あと半月もすれば緑に変わるであろう山の木々は、まだ茶色と灰色の影が深く、降る雨がその輪郭をぼんやりと滲《にじ》ませている。

窓の向こう側、ガラスについた雨の雫《しずく》が、まるでヘビかミミズのようにのたうつのが見えた。

指先でなぞるようにそれを撫《な》でる。

その冷たい感触は、微熱のように昂《たか》ぶっていた指先に、心地よい。

そのまま火照った頰を寄せて、僕はまた自分が泣いていることに気がついた。

弐

幼い頃に何度も通った旭川の街並みは、久しぶりに来た僕の目に、懐かしさと同時に戸惑いを運んだ。

よく覚えている風景と、見知らぬ風景が交互にやってくる。

胸の奥がチリチリ疼《うず》いた。

あらためて、僕はこの街が好きだったのだと気がついたからだ。

空白の時間に消えてしまったものの存在を、流れる景色の中に確かに感じる。

昔伯母《おば》さんに連れて行ってもらった、あのスコーンの美味《おい》しい紅茶屋さんはまだあるだろうか……。


高速道路を降りてから、伯父さんの家までの道のりが、幼い頃の僕はいつもわくわくして待ち遠しかった。

でも今日はなんだか、妙に長く感じた。

理由はわかってる。

簡単なことだ——僕は伯父さんに会いたくないんだ。亡くなってしまったあの人には。


伯父さんの異変に気がついてくれたのは、隣に住んでいる人だったそうだ。

姿が見えない伯父さんの身を案じた隣人の通報で、駆けつけてくれた警察が、伯父さんの遺体を発見した。

僕も母さんも知らなかったけれど、伯父さんは一昨年《おととし》心臓の手術をしていたらしい。

ずっと身体に爆弾を抱えたまま生活していた伯父さんは、彼の大好きだった夏を待たずに、心臓の発作で命を落としてしまった。

隣人のお陰で、早くに見つけて貰《もら》えたことが、不幸中の幸いだった。

いや、伯父《おじ》さんは亡くなってしまっているんだから、幸いなんて事はこれっぽっちもないけれど。

それでも早く見つけられて良かったと、母さんもほっとしていた。

伯父さんの遺体は、おそらく死因は病死ではあるものの、一応検死が行われたという。

伯父さんは、僕らに迷惑をかけないようにか、生前に自分の死後どうしたいかを、葬儀屋さんに頼んでいた。

だから警察から連絡を受けた葬儀屋さんが、伯父さんの遺体を引き取り、そして我が家にも連絡をくれた。

伯父さんが何かあった時の連絡先に、僕の名前を残していたからだ。

十二年ぶりに会った伯父さんは、酷《ひど》く痩《や》せていて、記憶の中の伯父さんより、ずっとずっと老人の顔をしていた。

僕は泣いた。

まったく我慢が出来なかった。

「あの……本当に、何もやらなくていいんでしょうか？」

ずっと泣きやまない僕の横で、母さんが不安げに言った。

生前、伯父さんは葬儀を望んでいなかったという。

自分が死んだ後は、何もせずにそのまま火葬して欲しいと、それだけ言っていたそうで、だから警察から戻ってきた伯父さんの遺体は、伯父さんが頼んでいたという、すずらんエンディングサポートの人が、既に火葬場に運んでくれていた。

「こんな風にお経だけ上げて、ただ焼いてしまうだけなんて……あんまりじゃないでしょうか」

けれどここにきて、母さんは伯父さんとのごく簡素な別れに、戸惑いを感じているらしい。

今になってやっぱり親族や友人を呼んで、きちんとした葬儀を挙げるべきでは？ と言い始めた。

気持ちはよくわかる。僕もこのまま火葬してしまうのは、いくらなんでもあっさりしすぎて寂しかったから。

「今から変更という事でしたら、最大限対応させていただきますが」

そんな僕らに、葬儀屋さんの小葉松《こばまつ》さんという瘦身《そうしん》の男性が、穏やかな笑みを浮かべて言ってくれた。

とはいえ内心、今からの変更は困るのだろう。お坊さんのような頭のこめかみに浮いた血管が、緊張したようにぴくぴくと震えているのが見える。

「あ……でも伯父さんは、これがいいって、そう言っていたんですよね？」

母さんの気持ちはよくわかったけれど、僕はつい小葉松さんに迷惑をかけてしまう事の方に怯《ひる》んでしまった。

「勿論《もちろん》、雨宮《あまみや》様が悔いを残すような形で終わらせない方が宜《よろ》しいかと思います。ですが、今は色々なお弔いの形があります。特に加地《かじ》さんは特定の信仰をお持ちではありませんでしたので、形式的なお式よりも、シンプルな形を希望されていらっしゃいました」

「……そう。お兄さんらしいわね」

確かにそうだ。伯父さんは神様を信じるタイプじゃなかった。

「こうやってご家族様が見送ってくださるだけで、加地さんはお喜びかと思います」

その言葉に、僕だけでなく母さんも、うう、と嗚咽《おえつ》が洩《も》れてしまった。結局そのまましばらく、火葬前のお経を上げにお坊さんが来てくれるまで、二人とも別れの涙が止められなかった。

本当の事を言うなら、もうちょっと時間が欲しかった。

伯父さんと過ごす最後の時間が。

でもわかっている。どんなに泣いて縋《すが》っても、もう伯父さんは何も僕らに話してはくれない。

過ぎていくのは時間だけ。許されるなら何時間だって延ばしたいような、終わりの見つからない時間だ。

そんな僕を寂しさの中に置き去りにしたまま、伯父さんの望んだシンプルな『終わり』は、彼の望む形で行われた。

骨になってしまった伯父さんは、幼い頃大好きだった大きな身体からは想像もつかないほど、小さくて、脆《もろ》かった。

小さな骨壺《こつつぼ》に納まってしまった伯父さんを胸に抱いて、小葉松さんの用意してくれた、高級そうな黒い車に乗り込んだ。

火葬場を出ると、さらさら降る雨で僕らが濡《ぬ》れないように、ちゃんと建物にぴったりとつけた車が用意されていたのだ。

「この後は、既に奥様のお骨を納めていらっしゃるお寺に、お骨をお預けする事になっています」

「旭楽寺《きょうらくじ》ですよね？　見事な桜の木がある――子供の頃境内で遊ばせて貰った記憶があります」

後部座席に乗り込む間、僕らに傘をさしてくれた小葉松さんに問うと、彼は座席のドアを閉める前に、そっと目を細めて頷《うなず》いた。

「この子の事を、兄は随分可愛がってくれていたんです」

母さんがそう補足する。

「伺っています」

その時、小葉松さんではなく、車の運転手さんがそう声を上げた。

「え？」

「どうも、ご遺品整理のお手伝いをさせていただく、遺品整理士の村雨望春《むらさめみはる》と申します」

運転手さんが僕らに振り返った。

黒いスーツ姿の女性だ。

ショートカットに、少しドキッとするような、淡い茶色の瞳《ひとみ》。

すっと尖《とが》った顎《あご》と、しなやかさを感じさせる長い首――一瞬息が止まった。

「あ……」

咄嗟《とっさ》にのけぞった背中が、高級感のある座席の背もたれに阻まれる。

「うっ」

と短い声が洩れ、喉《のど》が詰まる。逃げられない、と思った。

「実は、以前から加地さんとはお付き合いがあったんです。正確には、亡くなられた奥様となのですが」

「まあ、そうだったんですね！」

母さんがどこかほっとしたような、嬉《うれ》しそうな声を上げる。

でも――でも僕は、そのまま上手《うま》く呼吸をすることすらできなかった。

「……差し出口は承知だったのですが、甥御《おい》さんに来ていただいた方が良いのではと思って」

「ぼ、ぼ……僕、です、か？」

動揺に声が裏返る。その人はまるで素知らぬ体で、僕に微笑みすら浮かべて見せた。

でもわかってる。

わかっているんだ。

この人はそんな人じゃない。綺麗《きれい》な顔をして、でもその腕に――。

「青音？」

「……え？」

母さんが怪訝《けげん》そうに僕を見たので、我に返った。平静を取り戻すために、浅い息を繰り返す。

何を言われているのか、一瞬よくわからなかったけれど――そうだ、今は伯父さんの話をしていたんだ。

「あの……加地さんご夫婦がお喜びになるとも思いましたし、なによりお別れをしておけば良かったと、後悔される日が来るのではと」

村雨と名乗った女性が、一見本当に僕を案じているような表情で言った。

「……そうね。私もそう思ったの」

母さんも言いにくそうに同意する。

「子供の頃、本当は貴方《あなた》、ずっとお兄さんの所に行きたがっていたんじゃないかって。でも貴方は昔から優しい子だったから、私達大人の気持ちを汲《く》んで、ずっと我慢をしていたのだと思って……」

「それは……」

それは、半分は当たりだ。

でも、もう半分は違う。それを貴方が言うのか？——そうだ、『悪魔』である貴方が？　僕は思わず、村雨さんを睨《にら》んでしまった。

「お兄さんはね、貴方を養子にしたいって言っていたくらい、貴方の事が好きだったのよ」

「……うん。わかってたよ、そんなの」

行けなくなった理由は貴方だ——そう喉元《のどもと》まで出かかって、でも言葉には出せなかった。

あの日、金色の雨が降る中で出会った貴方が、僕を旭川から遠ざけたって言うのに。

でもそれを口にしたら……。

『絶対にこの事は、誰にも話してはいけないよ。もし話してしまったら……』

思い出して、総毛立つ。

絶対に、話しては駄目だ。

僕は答える代わりに視線を落とし、できるだけ身を縮こまらせるようにして、伯父《おじ》さんの遺骨を抱いた。助けを求めるように。

「それで……お義姉《ねえ》さんとはどんな？」

「丁度行ったスーパーの駐車場で、加地さんが体調を崩されていて、介抱させていただいたんです」

「あ……そういえば、前に『若いお医者さんに助けて貰《もら》ったんだ』って、お話を聞いたような……」

母さんが記憶を辿《たど》るようにして言った。

「はい、その頃は研修医をやっていたので、多分私の事です」

村雨さんが微《かす》かに笑んでから、「車、出しますね」とハンドルに向き直る。

「それで、当時は住んでいる所が近かったので、顔を合わせると挨拶《あいさつ》をしたり、時々お食事に呼ばれたりするようになりました」

それから料理をお裾《すそ》分《わ》けして貰ったり、逆に旅行のお土産に美味《おい》しいお菓子を届けたりもしたという村雨さんの話に、特に違和感や嘘の匂いは感じない。

「ご主人も本当に博識で、遊びに行かせて戴《いただ》くと、いつもご飯と一緒に面白い蘊蓄《うんちく》を披露して下さいました」

「お兄さんらしいわ……あの人、そういうの黙っていられないんですよね」

過去形じゃなかった。母さんの中でもまだ伯父さんの死の実感がないのだと思った。

母さんが笑った。

「そうですね……でも私、そんなご夫妻がとっても素敵で、大好きでした」

村雨さんは少し俯《うつむ》き加減でそう答えると、火葬場からゆっくりと車を発進させた。

雨はパタパタと、車の窓を叩《たた》くように強くなってきた。

雨音が響き、かっこ、かっことワイパーが動く。車内は急に静かになって、ただ、ぐす、と村雨さんが洟《はな》を啜《すす》る音が聞こえた。

僕は混乱した。

だって村雨さんは……あの日、金色の雨の中で会った悪魔と、まさにうり二つの姿をしているのだ。

何度も何度も思い出して震えた。

だから絶対に間違いはない、別人なんかじゃない――でも。

「あの……」

我慢できずに、僕は口を開いた。

はい？　と、小葉松さんと村雨さん、両方が返事をしてくれた。

「いえ、その……僕、村雨さんと以前にお会いした事がありましたか？」

「雨宮さんとですか？」

「はい、僕が子供の頃ですが」

その質問に、村雨さんはうーん、と少し首を傾げた。

「そうですね……顔を合わせてお話しするのは初めてですが、どこかですれ違っている事くらいはあるかもしれませんね」

そこまで言うと、訂正するように「あ、でも」と村雨さんが少し声のトーンを上げた。

「私、お写真は見せていただきましたよ。ランドセルを背負ったお写真」

「え？　ああ……あのランドセル、伯父さんと伯母《おば》さんからのプレゼントだったんです」

懐かしい、空色のランドセル。

札幌ではランドセルは数年しか使わないので、背負っていたのはほんの三年くらいだけれど、確かに僕はあのランドセルを気に入っていて、写真屋さんで撮った写真を、伯父さんにもプレゼントしたのだ。

「晴れた空の色にしたって仰《おっしゃ》ってました。この子には、青空がよく似合うんだって」

「あ……」

「お二人は、雨宮さんの成長が、よっぽど嬉しかったんですね」

ぶわっと涙が再び僕の両目から溢《あふ》れた。

ぐすぐすと洟を啜りながら、伯父さんの遺骨を抱いて思う。この……この優しい女性が、あの日の悪魔とは思えない。

どうしても、あの時のような危険な空気や匂いがまったく感じられないのだ。

だから――だからもしかしたら、あれは本当は夢かもしれない。

幼い僕が見た夢。きっとどこかで見かけた村雨さんの姿が、幼い僕の記憶のひだに残っていて、無意識にその姿を悪夢の中で再生してしまったのかもしれない。

だって確かにそのくらい、あれは現実みのない記憶だった。

何度も夢だったらいいって思っていた。けれど、でも――。

でも、だったら僕は……そんな夢に振り回されて、伯父さんに長い間会わなかったたんだろうか？

　そんな……そんな。

「……大丈夫？　青音」

　ぼろぼろと流れる涙が止められない僕に気がついて、母さんがそっと僕の頭を抱き寄せた。

　大丈夫なわけない。

　だってこんな悔しくて、悔しくて、悲しい事ないじゃないか。


　神様や仏様を信じていない伯父さんだったけれど、それでも先に亡くなった伯母さんと一緒にいたいのだろう。

　今は伯母さんのお骨もあるという、子供の頃遊んだお寺に、伯父さんの骨も無事納められ、今日二度目のお経を上げて貰った。

　ずっと泣きっぱなしで目が、鼻の下が、喉《のど》の奥がジンジンと痛む。

　泣き疲れてぼーっとする頭で、僕はほとんど放心したように、残りの様々な手続きをする母さんをぼんやり見ていた。

　人が亡くなるっていうのは、こんなに大変なんだ……。

　今回、その多くの手続きを、相続コーディネーターの人が代行してくれるそうだけれど、それでも『遺族』が、直接やらなければならないこともあるらしい。

人間は家族を失うと、その一番辛《つら》い時に悲しむ以外の事に、こんなに奮闘しなければならないのだと知った。

それでも伯父さんは、生前に諸々《もろもろ》の準備を整え、お金を準備してくれていたし、お葬式を行わないというだけで、随分楽だと母さんが言った。

とはいえ、何もやらないことには、やっぱり寂しさと罪悪感がある。

それ以外にも、僕はずーっと、言葉にならない申し訳なさを伯父さんに感じていた。

ずっと会っていなかった事、伯父さんを一人で逝かせてしまった事も。

「あとは、ご自宅の確認ですが、どうされますか？　貴重品やアルバム等を残し、こちらで清掃作業を行う形で宜《よろ》しいでしょうか？」

「ええ……中を覗《のぞ》いてしまったらきりがないと思うから、このまま見ないで帰ろうと思います。宜しくお願いします」

どのみち、家の中は随分散らかっているという事なので、母さんは伯父さんの家には入らないまま、このまま帰る事になっている。

「あの……」

おずおずと僕は村雨さんと母さんの間に入った。

「遺品整理って……具体的にどうするんですか？」

「貴重品や、ご家族の思い出の品だけ残して、全ての片付けを代行させていただきます」

「全て……」

ゴミの処分だけでなく、家財道具等も売れる物は売り、不用品は全て処分してしまう事になっているそうだ。

今回は特に、多趣味だった伯父《おじ》さんの様々なコレクションがあるので、遺品査定士の人の協力も仰いで、きちんと現金化してもらうのだという。

「中を全部からっぽにしてもらうのよ。家自体、リフォームするか更地にして売り出す事になるはずだから」

全部、何もかも……？

「そんな」

伯父さんの家が、全部無くなってしまう――途端に僕の心の焦燥感が弾《はじ》けた。

「それって……せめて僕は参加しちゃ駄目でしょうか？　作業の邪魔にならないように頑張りますから！」

思い出のあれこれを、全て残しておくわけにいかないのは僕だってわかる。覗いてしまったらきりがなくなりそうだから……という母さんの言葉もわかった。

でも、それでも他人に全てを任せて、処分されてしまうのは悲しいし、伯父さんに申し訳ない気がする。

何より、僕はこのままでは僕を許せない気がした。

「え、でも私はもう、札幌に帰るのよ？　青音一人で残ってくれるっていうこと？」

「うん……別に、一人でも大丈夫だよ。片付けたら帰るから」

「…………」

母さんが困惑したように僕を見た。わかっている、僕は札幌に帰って来て数日間、自分の部屋から出るのも嫌だったんだから。

でもこれは他でもない伯父さんのことだ。

それに——それに僕は結局、何か理由が欲しいのだ。大学に、京都に戻らないでいられる理由が。

怒られるのも怖かったけれど、逆に寄り添おうとされるのが辛かった。母親の優しさが、自分の弱さに突き刺さった。

結局これも『逃げ』なのかもしれない。大義名分を振りかざして、伯父さんのところに逃げたいだけだって。だけど、それでも。

「最後くらい、僕がちゃんとしてあげたい。もう一回、少しは頑張りたいんだ、伯父さんの為にも、僕自身の為にも」

そう訴える僕を見て、母さんはふ、と諦《あきら》めのような、決断のような、短い息を吐いた。

「……そうね、じゃあ……そうして貰《もら》えるかしら？　勿論《もちろん》ご迷惑にならなければですけれど」

母さんは前半を僕に、そして後半を村雨さんに向けて言った。

「大変な部分は私達でサポートさせていただきますので、どうぞ雨宮さんのお気持ちの済むように」

当初は、清掃作業専門のスタッフが初日に一人、以降は整理士さん三人で、二〜三日間で片付ける予定だったそうだ。

でも僕も一緒という事なら、初日だけ清掃の方の増員を頼み、残りは四日、計五日間をめどに基本村雨さんと僕の二人で作業してはどうか？　と提案された。

そっちの方が金額を抑えられるし、なにより僕がゆっくり伯父さんに向き合った作業が出来るだろう、という心遣いによるものらしい。

村雨さんと二人きりの作業――という事には不安を感じた。恐怖とか、怯《おび》えに近い感情だと思う。正直言って、僕はまだ彼女があの日の悪魔ではないのだと、確信が持てないでいたからだ。

とはいえ冷静に考えれば、あれを現実だと思う方が、非現実的なことだと思う。

少し悩みはしたものの、結局僕は村雨さんの提案を呑《の》んだ。いくら彼女があの悪魔だとしても、伯父さん宅の片付けをしている事は、母さんも葬儀会社の方でもわかっていることだ。二人きりになったからって、そう安易に僕を傷つけたりはしないだろう。

「五日間、どうぞ宜しくお願いします」

そう言って、僕は改めて村雨さんに頭を下げた。またいつの間にか流れていた涙がぽつっと唇に当たって塩辛かった。

参

泊まりの予定ではなかったので、僕は着替えの一枚も持ってきていない。

母さんは急遽《きゅうきょ》旭川駅前に僕の為にホテルをとって、そして隣接した商業施設で明日《あした》の分の着替えを一式買ってくれた。

「今日帰ったら、すぐに荷物を作ってお兄さんの家の方に送るわ」

「なんか……逆に手間ばっかりとらせちゃってごめん」

「何言ってるの。いいのよ――それにしても駅前、随分景色が変わったわね」

ホテルの窓から街を見下ろしながら、母さんがしみじみと言う。

「ほんとだね。すっきり綺麗《きれい》になったけど、なんだか寂しいな」

子供の頃、伯父さん達に連れられて歩いた頃より、確かに綺麗に今風に垢抜《あかぬ》けたような気もするけれど、反面どこにでもありそうな景色になってしまった気がする。

「でも住む人や、使う人が便利なのは悪い事じゃないわ。街も人間と一緒に成長するんだから」

「そっか……」

母さんがいつもの『前向きな笑顔』で言った。

だから「何かを失う事が『成長』なの？」とは、聞けなかった。

「………」

思わず溜息《ためいき》が洩《も》れた。

なんだか知らない街に来たような、少し心細い風景と、綺麗すぎるホテルの部屋が、なんとなく居心地悪さを誘って、息苦しさを感じていたみたいだ。

無意識に喉元《のどもと》を手で押さえている僕を、母さんが心配そうに見ていた。

「……一人で本当に大丈夫？」

「何歳だと思ってるの？　一人暮らししてたんだし」

「そうだけど……ごめんね。貴方《あなた》に押しつけてしまうみたいで」

「そんなことないよ、僕がやりたいんだ」

「でも、貴方は優しいから、たくさん泣いてしまうんじゃないかって……」

それには苦笑しか返せなかった。


ホテルのそばの店で買ったお弁当で簡単に食事を摂《と》って、すぐにベッドに横になる。

久しぶりの外出で、身体は疲労困憊《こんぱい》しているけれど、なかなか眠りにつけなかった。

何度も寝返りをうち、無駄に起き上がっては、窓から少しずつ眠りについていく旭川の街を眺めた。

光の点がひとつ、またひとつと消えていく。僕はまだ一人、点のままだ。

せめて夢で会いたかったけれど、伯父さんは会いに来てくれなかった。

だけどあの、金色の雨が降る森の夢は見た。

美しい場所で、村雨さんはあの時のように雨に打たれていた。

慌てて飛び起きた。

心臓がバクバクと破裂しそうなほど、肋骨《ろっこつ》の下で暴れている。

あの場所に行ったのは本当の事だ。

怖くてすぐに捨ててしまったけれど、春光台でキャンプした時の写真が送られてきたし、伯父さんの家にもまだ残っているかもしれない。

でもよく考えてみたら、内気で怖がりだった僕が、本当に一人で冒険なんてしただろうか？

ただ近くの公園で遊び疲れて、うっかり眠ってしまって見た夢なんじゃないだろうか。

だけど同時に、いくら僕が幼かったとはいえ、公園のベンチでそんな眠りこけたりするだろうか？　という疑問も頭を過《よぎ》る。

何故だろう――どれもこれも、正しい答えには思えない。

でもその事をどんなに考えても、正しい答えが見つかるようにも思えない。僕はまだ幼かったし、時間が経ちすぎていて、僕自身がその記憶に信憑性《しんぴょうせい》を欠くと思えるからだ。

だけど頭からは上手に閉め出すことが出来ずに、悶々《もんもん》としながら熱めのシャワーをしっかり浴びて、買ってもらったばかりの服に袖《そで》を通した。

朝ご飯は食べる気力が無かった。

約束の時間よりも十分くらい早くホテルを出て、待ち合わせの場所へ歩いていると、

「雨宮さーん！」と僕を呼ぶ声がした。

顔を上げると、『すずらんエンディングサポート』と書かれたバンの窓から、村雨さんが手を振っていた。

「あの……おはようございます」

「おはようございます、ご体調は大丈夫ですか？」

そう言って会社のバンから降りて、少し小走りにやってきた――途中、段差で転びそうになっていた――のは、他でもない村雨さんだった。

彼女は清掃がメインになるからと、今日はスーツ姿ではない事を詫《わ》びたけれど、僕だって安いジーンズとロンTだし、会社のロゴが入ったカーキ色のつなぎを着た彼女は、昨日よりもなんだか可愛らしい印象だった。

僕より五歳は年上だと思うが、こうやって見るともしかしたら意外に童顔なのかもしれない。

「今日は宜《よろ》しくお願いします」

僕はまず彼女に深く頭を下げた。

こちらこそ宜しくお願いします、と村雨さんも頭を下げてきた。彼女のお辞儀はとても丁寧で綺麗で、動いた髪からはふわりと甘い匂いがした。

「あの……もしご迷惑でなければ、の話なんですが」

「はい？」

僕を促し、車まで歩き出した村雨さんが、不意に改まった調子で聞いてきた。

「加地さんご夫婦は、私にとっても特別なお二人なんです……そして雨宮さんの事は、お二人から何度も聞いていました。――こう言っては失礼ですが、従弟《いとこ》とか、親戚《しんせき》のような、そんな親近感があるんです」

「え？　僕がですか？」

「はい。清掃に二人で時間をかけたいと思ったのも……雨宮さんと、ご夫婦のお話が沢山出来たらいいなって、そういう気持ちなんです。プロとして、私情を挟むのはどうだろうって、私も思ってはいるんですけれど……」

「いえ……むしろ、伯父《おじ》さん達は喜ぶんじゃないでしょうか？」

「そうですか」

村雨さんが、ほっとしたように息を吐いた。

「だったら……青音さんとお呼びしてもいいでしょうか？　私の事も望春で構いませんので」

「え？」

「図々《ずうずう》しいとはわかってるんですけど……私、『青音』ってお名前を、お二人から聞くの、ずっと好きだったんです」

「あ……勿論《もちろん》です、どうぞ！　望春、さん」

なんだか妙に気恥ずかしいと思いながら答えると、望春さんはにっこり笑った。

口の端にえくぼが出来た。それだけでなく、頬の高い位置、ちょうど目の下あたりにもぽこんとくぼみが出来る。

後で聞いたが、鬼えくぼと言うらしい——それが妙に天真爛漫《てんしんらんまん》な雰囲気で、可愛らしかった。


葬儀屋さんのバンに乗り込むと、運転席の女性が「ドーモ」と被《かぶ》っていた帽子をあげて挨拶《あいさつ》してくれた。

「あ……どうぞ宜しくお願いします」

「昨日もお伝えしましたが、彼女は弊社で清掃業務を担当する、高木《たかぎ》です」

望春さんが言うと、高木さんがもう一度頭を軽く下げた。

すっと鼻筋の通った、太眉《まゆ》の、彫りの深い美人だ。ポニーテールを帽子の後ろから出すようにして被り直すと、「行きますよ」とややぶっきらぼうに言った。

やがて車が走り出し、今日の作業についての簡単な打ち合わせが始まった。

伯父さんの家は二階建てで、二階は比較的綺麗《きれい》に片付いているけれど、一階のリビング、仏間、キッチン等は、かなり汚れているらしい。

一階の清掃に、ほぼ一日かかるだろうと、二人は言った。

「一日ですか……そんなに散らかっているんですか？」

「そうですね……あと、作業に取りかかる前に、近隣の方にご挨拶をしようと思うのですが、お隣だけはご一緒に行かれますか？」

「え？」

「騒音だったり、荷物の処分にトラック等も駐《と》めさせていただいたり、ご迷惑をおかけしてしまうので、事前の挨拶は欠かせないんです。通常は私どもで行いますが、加地さんの姿が見えないと心配して、通報してくださった方には……」

「あ、そういえば、そんな事仰《おっしゃ》ってましたね」

隣は確か、伯父さん達よりも少し年上の、老夫婦が暮らしていたはずだ。昔大きなスイカを戴《いただ》いた記憶がある。


やがて伯父さんの家に着くと、そこは記憶のそのままで——けれど毎年綺麗に咲いていた桜の木と、可愛い実をつけていた姫りんごの木が切り倒されていた。

赤いりんごのかわりに目に入ったのは、先端の金属がすっかりさびたママさんダンプだ。もうとっくに雪の解けた玄関前に、無造作に転がされている。

十数年ぶりに見る家は、近づくとさすがにあちこち傷みや、古い汚れが見える。

「先に消臭作業をします」

高木さんがそう言って、バンの後ろから何やら機材を降ろして、伯父さんの家の中に運んでいく。

手伝いましょうか？　と声をかけると、「大丈夫です」ときっぱり断られた。

望春さんも他の家に先に挨拶してくるといって、車を降りてしまったので、僕は一人、車の中から伯父さんの家を眺める事しか出来なかった。

「…………」

そんなつもりはなかったのに、つい記憶の中の『加地家』と答え合わせをしてしまう
――伯母《おば》さんが元気だった頃は、もっと玄関前から華やかな雰囲気だった。

四季折々の花が咲き、何もかもが綺麗に磨かれ、手入れされていた。

伯父さんはそういう、手仕事が大好きだったはずだし、夫婦二人で庭の手入れも楽しんでいたはずだ。

僕も一緒に、家庭菜園にジャガイモを植えたり、雑草を抜いたりしたのを覚えている。

「…………」

また、唐突に涙がこみ上げてきた。

昨日充分泣いて、泣いて、少しは気持ちの整理がついたと思ったのに、何故だか伯父さんの顔を見た時より、この荒《すさ》んだ玄関前が僕の心を握りつぶした。

「青音さ――」

その時、バンに戻って来た望春さんが、泣いている僕に気がついて、悲しそうに眉を寄せた。

「……あ、大丈夫です、行きますか？」

「少し……時間を置いてからでも大丈夫だと思いますよ?」

「いえ、大丈夫です。もう……今行けますから」

ぐいっと涙を拭《ふ》いて、僕はついムキになって言い返した。恥ずかしさがあったのだ。

望春さんはちょっと小首を傾げるようにして、躊躇《ちゅうちょ》の色を見せた。

「本当に、大丈夫です」

「……わかりました、じゃあ行きましょうか」

三回目の『大丈夫』を、覆すのも……と思ったのか、望春さんは諦《あきら》めたように短い息を吐いて言った。

気が重い事は早く終わらせてしまいたい。

買ってきたお菓子を手に、バンを降りた。覚悟を決めるように深呼吸をする。

「………………?」

「どうしました?」

「あ、いえ……」

不意に誰かの視線を感じた気がして振り返った。

けれど、気のせいだったようだ。僕はすっかり緊張でピリピリしている。

曇天の下の駐車場には、紺色の車が一台駐まっている。札幌ナンバーではあったけれど、おそらく誰かしら在宅だろう。

記憶の中では、左隣のお宅はかなり古い家のイメージだったのに、どうやら僕が旭川を離れていた間に建て直されたらしい。

インターフォンを鳴らすと、全く知らない人が現れた。四十代くらいの、恰幅《かっぷく》の良い男性だった。

望春さんが、今日から数日間、伯父さんの家の清掃をする旨を男性に伝えると、それを聞きながら、男性はチラチラと僕を見ていた。

「あの……伯父の異変に気がついてくださったとお伺いしたので、ご挨拶にと思って……」

「ああ隣の、例の甥《おい》っ子か。まあ……新聞も郵便も取ってなかったし……その、朝のゴミ捨てで顔を合わせる事もなかったから、なんだか心配になってな」

伯父さんは去年の冬に一度、除雪中に倒れたのだという。その時救急車を呼んだりしてくれたのは、隣のこの岡《おか》さんだったそうだ。

だからそれ以降も、伯父さんの事は何かと気にしてくれていたらしい。

「お陰ですぐに……こうやって会いに来る事が出来ました」

僕が丁寧にお礼を言い直し、お菓子を差し出すと、彼はそれを受け取った後、鼻の頭をかきながら、僕の目を見ないで答えた。

僕の目に、また涙が溢《あふ》れてきていたせいだと思う。

「まぁ……これからが色々大変だろうが、頑張ってな。俺は親の荷物の処分に、一年近くかかった」

感謝を述べる僕を労《ねぎら》うように、岡さんが言う。やっぱり、下手をするとそんなにかかってしまうものなのか……。

幸い望春さんが手伝ってくれるとはいえ、数日間で全て片付けられるのだろうか？　と不安になった。

だけど伯父《おじ》さんの為にも、そして自分の為にも、僕が頑張りたいと思う。

僕は自分に強く言い聞かせ、その想いはたとえどんな状況でも、変わるはずがないと、そんな根拠のない自信を持っていた。

その五分後、自分の認識不足を激しく後悔するまで。

肆

「え……？」

伯母さんがいなくなってしまった家が綺麗じゃない事は、なんとなくは想像していた。

たとえば雪が解けて随分経つのに、片付けられていない除雪道具なんかがそれを物語っていると思った。

とはいえ、その『綺麗じゃない』が、どのくらいのものなのか、全然わかっていなかった。

「そんな……」

伯父さんの家の中に入って、僕はまず絶句した。

廊下には段ボールと雑誌や古新聞、ビニール袋に入った何かが埃《ほこり》を被《かぶ》っていて、カビと埃の臭いが立ちこめている。

望春さんは顔色を変えず、僕にマスクを差し出してくれた。

「……………」

恐る恐る、リビングを覗《のぞ》いた。

そして僕はたっぷり数秒は絶句して、そのまま目眩《めまい》を起こしてしまいそうだった。

なんという事だろうか。十数年ぶりに訪れた伯父さんの家は、ゴミ屋敷になっていた。

「な、なんで？　なんでこんな事に……」

伯父さんはきれい好きだったと思う。

少なくとも、家のあちこちを自分で手入れして、住みやすくしていくような人だった筈《はず》なのに。

ゴミの層は、おそらく床から二十センチはあるだろう。

リビングの中央にあるソファのまわりに至ってはもっとだ。

ゴミかと思ったけれど、ソファの横には汚らしい色になった羽毛布団が、カバーもかけられずに転がっていた。

「毎日リビングで寝起きしていたんですかね……こんな汚いところで……」

他でもない、あの伯父さんが——愛《いと》おしかった人が、こんな酷《ひど》い部屋で毎日を過ごしていたというのは、ものすごいショックで、目から涙が噴き出した。

望春さんはそんな僕を哀れむように見てから、そして高木さんは僕を見ずに、それぞれテキパキと、ゴミ袋などの掃除の準備を始めていた。

そうだ……やらなきゃ。僕は掃除をしに来たんだ。

「伯母さんがいなくなった、から……？」

「……そうですね」

のろりと立ち上がり、手渡された軍手をはめながら問うと、望春さんが悲しげに頷《うなず》いた。

「掃除がお得意ではないという事もあったかもしれませんが、もしかしたらずっと、ご体調がすぐれなかったのかもしれないですね」

「具合が悪い……から？」

「はい。私達の経験上ですが、身体を病んでしまわれた方のお部屋は、こんな風に動線に沿って汚れていくことが多いんです」

「逆にメンタルが不調だと、水回りから荒れていく」

望春さんの言葉を補足するように、高木さんが短く言った。

「そうなんです。片付ける気力が湧かないというよりも、単純に身体の自由が利かなかったんじゃないでしょうか。具合が悪い時は、誰だって休んでいたいですからね」

「でも、だからってここまで……？」

ぐす、と洟《はな》を啜《すす》りながら答える。

悲しいのもあったけれど、身内として強烈な恥ずかしさを感じる。

それに罪悪感も。

「綺麗《きれい》な方です」

と、高木さんが言ってくれたけど、だったら大丈夫ですね！　なんて気持ちにはなれそうにない。

「……それで、伯父さんはどこで……その、亡くなってたんですか？」

「…………」

部屋を見回しながら言うと、二人もさすがに一瞬黙ってしまった。

「こちらです。電話の所で」

とはいえ、答えない訳にもいかなかったのだろう。二人は顔を見合わせてから、望春さんが高木さんに確認するように言った。

「電話……」

リビングからキッチンへの動線に置かれた、随分古いファックス付電話だ。望春さんがそれを目線で教えてくれた。

言われてみると、確かにその周辺だけが、やけに綺麗にスペースが作られて床が見えていた。

「キッチンに行かれる途中だったか——もしかしたら、異変を感じて、救急車を呼ぼうとされたのかもしれないです」

「…………」

死因は急な心臓の発作、心不全によるものだと聞いた。

伯父さんは苦しみながらここまで這《は》ってきて、そのまま息絶えてしまったという事だろうか……。

無意識に這うように一歩、膝《ひざ》で踏み出すと、突いた手の平の下でパキッと、プラスティックの割れる音がした。

おそるおそる探ってみると、それは Blu-ray ディスクと、ひびの入ったスリムケースで、ディスクには伯母《おば》さんの字で、五～六年前の朝ドラのタイトルが書かれていた。

「……う」

伯父さんと、まだ残っているだろう伯母さんの遺品を整理するんだと思っていた。

思い出を葬る作業が、間違いなく辛《つら》いだろうって事くらいは覚悟していたけれど、こんなのは想像していなかった。

こんな風に伯父さんの生活が壊れていた事、このなかで伯父さんが死んでしまった事、死なせてしまった現実が、部屋の中の埃とカビと腐敗臭が、息を吸う度に僕の心を打ちのめした。

「青音さん……お辛いようでしたら、思い出の品と、貴重品の確認だけしていただく形に変更しましょう。ご遺族様が、これ以上苦しまれる必要はありません」

「……いえ、やります。僕がやります」

「ですが――」

「片付けますよ！　家族の仕事ですから！」

「青音さん……」

そうだ、もし僕がもっと伯父さんにちゃんと寄り添えていたのなら、そもそもこんなに汚い部屋で、病気に苦しみながら生活させたりしないで済んだ。

ちゃんと家族でいたなら。

僕が逃げ出していなかったら。

それを――確かに、あれは夢だったのだろうけれど、それでも『悪魔』と同じ姿をした望春さんに任せたくはないし、甘えたくなかったんだ。

「このくらい、僕がやってあげなきゃ」

手の甲でぐい、と涙を拭《ぬぐ》い、ずれたマスクを直す。

しっかり軍手をはめ直して立ち上がると、高木さんが僕に空の段ボール箱を差し出してきた。

「では、残しておきたい物はここに入れていきましょう。事前に何を残したいか書き出して戴《いただ》けると作業が進めやすいですが、おそらく青音さんにもわからないと思います。なのでご家族を偲《しの》べるような物、貴重品は全て残していく事にしますね」

確かに何がこの家にあるのか把握していない。そしてこういう部屋の場合、お金なんかもゴミに紛れている場合があるので、ゴミとゴミの間も確認した方がいいです――と望春さんが言った。

「先に廊下の古新聞や古雑誌を運び出して、スペースを確保した方がいいですね」

「わ、わかりました」

確かに、伯父《おじ》さんが捨てそびれていたと思《おぼ》しき、古新聞の山を運び出すだけでも、廊下がすっきりする。

黙々と二人の指示に従いながら、僕は既に息が上がっていた。

マスクをしながらの作業だって事もあるけれど、掃除ってやってみると、ものすごい体力を使うことだとわかった。

病身の伯父さんが、どうしても片付けられなかった気持ちもわかる。

「とはいえ……だとしても、せめてもう少しどうにかできなかったんですかね……」

思わず、溜息《ためいき》が洩《も》れてしまった。

「お家《うち》が汚れるのには色々理由はありますが――ひとつの理由に、『孤独』があると思います」

「孤独……？」

「はい。側に常に一緒にいる人がいたら、そもそもここまで汚れることは少ないです」

「人間は、一定の『汚れ』に対して嫌悪感や羞恥心《しゅうちしん》があるから」

望春さんの説明に、高木さんも一言添えてくれた。

「そうなんです。勿論《もちろん》一概には言えないですけれど、人間はあまり汚れるのが好きじゃありません。社会通念的にも、散らかっている事は恥だという風潮がありますから、家族や関わり合う人が身近にいたら、なかなか汚れたままにはしていられないんです」

確かにこの家は、お客すら呼べそうにない。

伯母さんや、家に遊びに来る親しい友人が沢山いたなら、こんな風に汚してしまう前に、片付けていただろう。

「でも……本当に一人きりだったとしたら、そういう目が働かないのだとしたら、何かのきっかけで、掃除をする事が出来なくなったり、その必要性すら見失ったりしてしまう。そして誰もいないからっぽの空間を、心の隙間を埋めるように、自分の物で満たしていく——そういう人は、多分青音さんが思うよりも、世の中には多いと思います。物は身体の一部、心の一部なんです」

『物は身体の一部、心の一部』

その言葉が頭の中を駆け抜けた。

そして、何もない空間の寂しさが、僕の脳裏によみがえってきた、まざまざと。

京都の自分のマンションだ。

ベッドとローテーブルだけの殺風景な部屋。綺麗だけれど最低限の家具しかない——そうだ、夕べ泊まったホテルの一室みたいな。

不足はないけれど、それ以上はない。

僕がない。

僕自身が存在しない部屋。


「……わかります。京都で一人で暮らしていて、なんにも物のない部屋で、僕は自分自身も『からっぽ』なんだって思ったんです」

ただ白い壁を見つめるだけで時間が過ぎていった時、僕は自分が駄目だと思った。


——ああ、そうか。


「……伯父さんは僕なんかよりも、『自分』が沢山ある人だったから、一人になってこんな風に、外側に溢《あふ》れてきちゃったんですね」

そう考えたら羨《うらや》ましい。僕なんて捨てられる物すら存在しなかった。

「でも……自分の住処《すみか》を彩る醍醐味《だいごみ》は、お仕事を始めてからですよ。私、大学を卒業してからです、フロラリアファミリーの沼にハマってしまったのは」

望春さんがへへ、と目を細めて言った。

「フロラリア……え？　あの小さい、動物の人形ですか？」

玩具《おもちゃ》売り場で見かける、子供向けのミニチュア人形を思い出して、ちょっと驚いた。

「最初から色々な物を持っている人もいれば、大きくなってから、集めていく人だって沢山います。特に若いうちは、環境にも左右されます。自分をからっぽなんて言うには少し早いですよ」

ね？　と望春さんが高木さんにも同意を求めるように言った。

「私も単車に乗り始めたの、仕事を始めてからです」

高木さんも頷《うなず》いた。

「そう……でしょうか……」

二人が言っていることもわかる。

確かに自分でしっかり収入を得るようになって、初めてそういう余裕が増えてくるんだろう。

でも本当に、何かあるだろうか？　もっと僕が大人になった後に、この先に。

僕は何歳になっても、からっぽのまんまなんじゃないだろうか？

正直、自信が全くないのだ。

五年後、十年後の自分が、何かに充実している想像がまったく出来ない。

息苦しさを感じて外を見る。低く重い雲に覆われて、街は灰色に包まれていた。

伍

そこから数時間、僕らは黙々と作業を続けた。

集中力が必要な作業だったのもある。

事前に望春さんが言っていたように、ゴミの間から、汚れたレシートと一緒に、結構小銭が出てきたりしたからだ。

小銭、と言っても、多い時は数百円。

全部集めたら、もしかしたら一万円とか、そのくらいになるかもしれないし、なによりり紙のお金や、大事な物まで交ざってしまっているかもしれない。

後でゆっくり仕分けしましょう、望春さんはそう言って、今日はとにかくスピード重視の作業になった。

明らかに大事な物だけでなく、処分するかどうか悩みそうな物も、ひとまず全て箱の中に入れていく。

でも、やっているうちにだんだん慣れてきて、手を動かしながら話まで出来るようになってきた。

話題は自然と、亡くなった伯父さんと伯母《おば》さんの話になった。

「遺品整理は、ご遺族の心の大切な整理の時間でもあると思うんです」

望春さんはそう言った。

だから沢山話した、二人の思い出を。僕の心の整理のためにも。

例えばよく、伯父さんとキャンプに出かけたことだ。

「伯父さんは、僕をボーイスカウトに入れたかったみたいで。昔から泣き虫だったので。それを怒られることはなかったんですが、でも何かあった時に、泣くだけじゃなくて自分で自分を守れるようになりなさいって」

伯父さんはいつも、僕を色々な意味で強くしてくれようとしていた。

この歳になると、少しずつわかってきた事がある。

知識は強さだ。命を守る武器で、鎧《よろい》だ。

「ああ……それは私も言われました。前にこちらのお宅にお邪魔して、少し遅くなってしまって、家に帰る時に、心配だって——でも私、前はここからまっすぐ五分くらい歩いたマンションに住んでいたんです」

だから、そんな心配して貰《もら》う距離じゃないと言う望春さんに、伯父さんは懐中電灯を渡して、モールス信号のＳＯＳを教えてくれたそうだ。

何かあったら、すぐに駆けつけてあげるから、と。

「そうしたら、そもそも夜道を歩いていて緊急時に、そんな明かりなんて点滅させてる暇はないと思うって奥様が。だから『お散歩がてら送っていきましょう？　今日は月が綺麗《きれい》だし』って言って、結局お二人で送ってくださったんです」

「ああ、それは伯母さんらしいですね」

懐かしそうに話してくれる望春さんのエピソードの中に、確かに伯父《おじ》さんと伯母さんの存在を感じて、僕は無性に嬉《うれ》しくて、寂しくなった。

二人を今すぐ抱きしめて、大好きだと叫びたかった。


そうやって話しながら掃除を進めていった。

途中お昼ご飯を挟み、二人の指示を仰いだり、相談したりしながら、伯父さんの家は着実に片付いていった。

夕方の情報番組が始まる頃、軽トラ二台分のゴミが伯父さんの家から消えてしまうと、僕の見覚えのある、記憶の中の『伯父さんの家』が戻って来た。


「あ……」

そうしてふと、リビングの棚に目が行った。鍵《かぎ》のかかるガラス棚だ。

ガラス扉に手をかけると、既に鍵はあいていて、ことことこと、と微《かす》かな引っかかりを残しながら開いた。

そして中にしまわれたガラス瓶から、青いビー玉をひとつ取り出した。

中央が細かくひび割れて、キラキラと星のように光るビー玉だ。

「すごい綺麗なビー玉ですね、宝石みたい」

「クラックビー玉です。熱したビー玉を瞬間的に氷水で冷やすと、こんな風に綺麗に内側だけ破裂するんです——まぁ、失敗すると、ビー玉自体も割れちゃうんですけど」

青い輝きを、金色の夕日が差し込んできた窓にかざす。

キラキラとした複雑な光……また泣きそうになったけれど、それをなんとか我慢したのは、これは『僕の涙』だからだ。

幼い頃、些細《ささい》な事で泣き出して、いつまでも泣き止まなかった僕の気を引くために、伯父さんが作ってくれたクラックビー玉。

作る工程もそうだけれど、このビー玉があんまり綺麗で、幼い僕の涙はすっかり引っ込んだのだ。

「恥ずかしいですが、僕、昔からちょっと涙腺《るいせん》が弱すぎて……」

「そうですね、存じております」

「あはは、やっぱりですか……でも伯父さん達は、僕の涙はこのビー玉みたいに綺麗だって言ってくれたんです。伯父さん達だけなんです。すぐに泣く僕を、否定しないでいてくれたのは」

「……だって実際、青音さんの涙は綺麗ですから」

「え？」

望春さんが、ビー玉を覗《のぞ》きながらぽつんと言った。

「綺麗、ですかね。涙なんて」

思わず聞いてしまった僕に、望春さんはふっと微笑むように目を細めた。

なんだか急に恥ずかしくなって、僕は慌ててガラス棚に向き直った。

「でもここ、伯父さんのコレクションの中でも、特に大切な物をしまってる場所なんです。ここにしまっておいてくれてたんだなぁって思うと――」

『すごく嬉しいです』――と、言いかけて、言葉が止まった。

「…………」

「どうかしましたか？」

「いえ、ここ……何かまだ置いてあったような気がするんですけど」

それはなんだか違和感のある空白だった。

真ん中の棚の、一番真ん中。

そこにぽっかり、スペースが出来ていたのだ。

僕のその呟《つぶや》きに、望春さんと高木さんの表情が険しくなった。

「大切なお品を代理で扱う私達は、お客様との信用を、何より一番に尊んでいます。作業を複数人で行うのもそのためです。当社のスタッフがご遺品に手を付けるようなことは、けして――」

それまで随分打ち解けた空気だった望春さんが、一瞬にして空気を張り詰めさせてしまったので、逆に僕は慌てた。

「い、いえ、そういう事じゃなくて、純粋に、ここに何が置いてあったんだっけな？　っていう、そういう記憶を辿《たど》っているっていうか――」

そう答えると、望春さんは棚を改めて確認した。

「そうですね。確か加地さんは、ビートルズとプログレッシブ・ロックのレコードを集めていらっしゃいました。帯付の赤盤は、確か一枚数十万円の値段がついているはずです」

「え？　そんなに？」

確かにここの鍵が開いていることには、違和感がある。

とはいえ、これだけ部屋が散らかっているのだし、鍵くらい閉め忘れていても驚かない。

それに十年以上、僕はこの家を離れている。

伯母さんも亡くなり、伯父さんも病身だったなら、一番大事だったコレクションは、もしかしたら事前に売りに出したり、自分でしっかり処分していたりしてもおかしくはない。

「じゃあ、全部売ってしまったって事ですかね」

「もしくは、二階に移動させているのかもしれませんが……」

そう望春さんが言いかけた時、インターフォンが鳴った。

僕はびくっとした。

恐る恐るモニターを覗くと、見覚えのない、白髪頭の男性が立っていた。

「あ……どなたでしょうか？」

『いや、加地さん、亡くなったって聞いてさ。近くに住んでいる、落合《おちあい》ってモンなんだけどね、加地さんが元気だった頃は、よく二人で一緒に釣りにいったもんだ』

「はあ……」

正直、本当に見覚えのない人だったけれど、伯父さんは確かに、釣りが好きな人ではあった。

「今……家を片付けているところで、なんのおもてなしも出来ないんですが……」

『加地さんとは、本当に生前随分親しくさせてもらってたんだよ。挨拶《あいさつ》だけでもさせてくれよ』

挨拶だけって言われても……思わず振り返ると、望春さんがゆっくりと首を横に振った。

とはいえ、せっかく訪ねてきてくれた人を、そう簡単に追い返すわけにもいかない。

悩んだ末、とにかく玄関先で挨拶だけでも――と、思ったのが間違いだった。

「あっ」

ドアを開けるなり、男性はまともなお悔やみの言葉すらなく、勝手に家の中に上がってきた。

「ちょ、ちょっと」

「で、聞いてると思うんだが、加地さん、亡くなったら俺にコレクションを譲るって言ってたんだよ」

「え？」

「ほら、棚の中に色々しまってるだろ？　自分が死んだら、『これは全部落合さんにあげるよ』って、そう言ってたんだよ。俺なら大事に出来るし、生前随分世話をしてやったりしたからね」

まさにずかずかと、僕らが一日かけてやっと綺麗にしたリビングに向かったかと思うけれど。

と、男性はまっすぐ伯父さんのコレクション棚の方に向かおうとした。

「申し訳ありません。そういったお話は、こちらでは伺っておりません」

無礼極まりない、この『落合』という男性の前に、遮るようにして、望春さんが立ちはだかった。

「はぁ？　なんだアンタは」

「加地様に生前から遺品の整理を委託されております、すずらんエンディングサポート専属の遺品整理士の村雨と申します。加地様とは当社の遺品査定士を通して、ご遺品は全て現金化し、ご遺族にお渡しするという形で、契約書を作成しております」

「ああ？　いや、そんな筈《はず》ないだろ、あれだよ、加地さん、きっとちょっとボケちまったんじゃないかな？」

「申し訳ございません。だとしても、私共はご契約に従わないわけには参りませんので」

「そんな頭の固い事言うなよ。黙ってりゃわかんない話だろ？」

落合さんが、へらへらと笑いながら詰め寄る。

けれど望春さんは、顔色ひとつ変えずに、自分より頭ひとつ分以上背の高い落合さんをじっと見据えて、首を縦には振らなかった。

どうしたら？　と、僕は自分の横に立っていた高木さんを見た。彼女は涼しい顔で、けれど素早く僕に黙っているように、アイコンタクトを送って来た。

「どうぞお引き取りください」

望春さんが軽く頭を下げて言った。途端に、落合さんが激昂《げっこう》した。

「ああ⁉　とにかく、死んだら俺にやるって言ってたんだよ、話が違うだろ！」

ビリビリ、耳が痛いくらいの大声で、彼は望春さんを恫喝《どうかつ》した。

「なんと仰《おっしゃ》られようと、ご遺族の許可が無い限り、何かを持ち出すことは許されません」

けれど彼女は微動だにせず、冷静に返す。

「そんなの知るか！　俺の物だ！　後から来た親戚《しんせき》なんて泥棒と一緒だろ！」

「そう仰るなら、警察に確認して戴《いただ》きましょうか。今すぐに来て貰《もら》いますんで」

そんな落合さんに、高木さんが言った。その手にはスマホが握られている。

「いい加減にしろ!!　女だからって、こっちが優しい顔してやってたら、スベタ共がいい気になりやがって！」

落合さんは諦《あきら》めるどころか、今にも殴りかかりそうな勢いで、望春さんの喉元《のどもと》に手をかけようとした。

「あ、あの！」

咄嗟《とっさ》に、僕は我慢が出来なくなった。

「青音さん――」

「落ち着いてください。遺品については僕ではなく、僕の両親の許可がなければ、勝手に全て譲ったりするような事はできません。でもご友人と仰るなら、形見分けでひとつふたつでしたら、お持ちくださって構いません」

「青音さん、あの」

望春さんが何かを訴えるように、僕の服の袖《そで》を引いたけれど、僕は気がつかないフリで落合さんに言った。

これ以上、望春さんを危険に晒《さら》したくなかったからだ。

「……ふん」

落合さんは、そんな僕をしばらく睨《にら》んでいたけれど、やがて諦めたように鼻を鳴らした。

「まあいい、じゃあ、棚のレコードだ。あれをくれよ」

「レコード、ですか？」

やっぱりだ。あのレコードは伯父《おじ》さんの自慢の品だったから、みんな存在を知っていたんだ。

「あれでいい。薄っぺらいし、五枚やそこらくれてもいいだろ」

そう言って落合さんは棚をのぞき込んで——そしてすぐに、「ああ？」と不満の声を上げた。

「お、おい！　なんだよ！　何処に隠しやがった！」

「すみません。それはわかりません。僕らが来た時はもう、最初からこうでした」

「畜生！」

どか！　っと、落合さんは不満げに、床の段ボール箱を蹴《け》った。

中にあったアルバムが飛び出て、間に挟んであった写真が数枚、床に散らばった。

「……じゃあいい、こっちの本でいいよ。どうせこっちも高いヤツなんだろ！」

結局諦めたように、同じく棚に並んでいたあまり聞き覚えのない作家の本を、むんずと数冊摑《つか》み取ると、その略奪者は来た時と同じ唐突さで、どすどす帰って行った。

「……はぁ」

思わず安堵《あんど》の息が洩《も》れた。

「渡さなくても、宜《よろ》しかったんですよ」

望春さんが、そんな僕を少し責めるような口調で言った。

「そうですけど、友達って聞いたら……」

「遺品整理の現場では、しばしばああいった『友人』が訪ねてきて、部屋の中の物を持ち出そうとする」

高木さんが、眉間《みけん》に深い皺《しわ》を刻んでいった。

「え……？」

「あの男、お悔やみの言葉ひとつ無かった。形見分けが必要なほどの友人なら、レコードの在処《ありか》より、他に聞きたいことはもっとあるはずだ」

「…………」

そう言われたら、返す言葉が見つからなくて、僕は俯《うつむ》いた。

「事前にお伝えしておくべきでしたね。次からは私達がしっかりとお帰り戴きますから、青音さんはそういった手合いに、心を乱されないでいらっしゃってください」

そんな僕に、慌てて望春さんが声をかけてくれたけれど、なんだか自分が惨めで仕方がない。

悔しくて、自分への怒りに目の奥が熱くなる。

「……余計な事をして、すみませんでした」

「でも……それはそれとして、レコードの事、少し気になりますね」

望春さんが、空気を変えるように言ってくれた。

明日《あした》はそういう事にも注意して、伯父さんの物を片付けていかなきゃならない。ゴミではなく、『物』を処分する作業は、それはそれで辛《つら》いだろう。

夢だったらいいと目を閉じた。夢から覚める代わりに、涙が僕の顎《あご》を濡《ぬ》らした。

陸

迷惑なお客のせいで、せっかく家の中が綺麗《きれい》になった達成感が、後味の悪いものに変わってしまった。

とはいえ、一日であのゴミが層になった部屋が、こんなにも片付いたのだから、望春さんと高木さんには感謝せずにはいられない。

少なくとも僕一人では、この家をどう掃除していいかわからなかったから。

「でも……本当にお一人で残るんですか？」

作業が終わって帰る二人が、今夜はこの家で過ごす予定の僕を心配してくれた。

一階こそ酷《ひど》く散らかっていたものの、話によると二階は伯母《おば》さんが亡くなった際、望春さんが協力して遺品を少し整理した時からほぼ変わらず、綺麗なままだというのだ。

だけどこの家で、一人きり。

さぞ寂しいだろうという事もあるけれど、なによりあの落合さんのような人が、また訪ねてくるかもしれないと、二人は心配してくれていた。

「やっぱり……ホテルに行かれた方がいいのでは？」

望春さんが「送っていきますよ？」と言ってくれたけれど、今日はホテルはとっていないし、あの無機質な部屋は僕の心を棘《とげ》だらけにしてしまう。

「そうなんですけど……でもやっぱり、少しでもここにいたくて」

「そうですか……」

「近くにはコンビニもありますし、また明日に向けて今日はのんびりしようと思います」

トイレもけして綺麗ではなかったし、長らく掃除されていない気配のお風呂《ふろ》は、さすがに使うのは躊躇《ためら》われる。

でも近所にスーパー銭湯もあるので、一日の汚れはそこで落とせばいいだろう。

二人に——特に手伝ってくれるのは今日だけの高木さんに、丁寧にお礼を言って、見送った。

二階は埃《ほこり》だらけではあったけれど、ゴミが散らばっている訳じゃない。

特に伯母さんの部屋は、ベッドなんかも撤去されていて、一階のあの惨状からは想像もつかないほど綺麗だった。

閉めっぱなしの押し入れから、布団を出すのが躊躇われたけれど、幸い今日は寒くない。

夜は銭湯とコンビニおにぎりで簡単に済ませ、綺麗に掃除機をかけた床に、そのまま転がって寝ることにした。

多少、身体は痛いけれど、一晩ぐらいはいい。

明日も天気がいいみたいだし、布団は外に干したりして使えるようにしよう……。

床に転がって目を閉じると、懐かしい伯父さんの家の匂いを、深く深く感じた。

安心する匂いだ。

いつもこの中で伯父さんと伯母さんの声を聞き、ご飯の美味《おい》しそうな匂いを嗅《か》いでいた。

僕は本当に、二人の事が大好きだった。

だのに、どうしてこの場所を手放してしまったのか。

なんであんな悪夢に、本気で惑わされてしまったのか。

勿論《もちろん》、母さん達の手前もあるから、昔みたいに足しげく通うのは無理だったとしても、それでももっと別の未来があったはずだと思う。

この後悔と、やり場のない想いと、どうやって向き合えばいいんだろう。

こうやって頭をからっぽにするように、伯父さんの家の天井を眺めていると、不意にふつふつと、望春さんへの怒りが湧いてくる。

彼女を責めるのはお門違いだ。

そんなのわかっているのに、それでも僕の中で、十年以上、彼女は悪魔だったのだ。

実際に会って話す彼女は優しくて、そして伯父さんの遺品を守る為に、あんなにも気丈に立ち向かってくれる、強い人でもあった。

彼女のお陰で、今日一日でゴミ屋敷が片付いたのだ。

感謝こそすれ、恨んだりするのは絶対におかしいのに。

でも、それでも僕の中には、拭《ぬぐ》いきれない葛藤《かっとう》があるのだ。

それに——それにまだ、やっぱりどこか恐ろしさがある。

明日からの二人での作業に対する不安が、じんわりと僕の心を侵食していく。

身体は十分過ぎるほど疲れているし、夕べもよく眠れていない。

明日のために早く眠ろうと思っても、心と頭の中に溜《た》まった、どろどろとした気持ちが重すぎて、溺《おぼ》れそうになってしまうのだ。

一日泣いていたせいで、ずっと鈍い頭痛もする。でも寝なくちゃと、必死に目を閉じていると、インターフォンが鳴った。

慌てて飛び起きて、息を潜めた。

時計を見ると、時間はもう二十一時を過ぎている。

「…………」

ピンポーン、と、もう一度インターフォン。

ああ、そうだ、部屋の窓から、玄関が見えるはずだと思い出し、慌てて窓の方に向かうと、立っていたのは望春さんだった。

ほっとすると同時に、警戒心にうなじの毛が逆立つ。

「あ……」

でも彼女のその手には、毛布が抱えられていた。

慌てて階段を下りて、玄関を開ける。

「すみません……ちょっとうとうとしていて」

そう対応が遅れたことを詫《わ》びると、望春さんはブンブン首を横に振った。

「いいえ！　そうですよね、ごめんなさい……もう遅い時間なのに。でも青音さんの事を姉――つまりうちの会社の社長に話したら、お布団がないいんじゃないか？　って。だからうちの事務所のを持って行くように言われて」

「あ……助かります。今日は床に直《じか》で寝ようと思ってました」

「床に直だなんて！　風邪をひいたらどうするんですか」

「もう暖かいし、一晩ぐらい平気ですよ」

とはいえ、その気遣いには痛み入る。望春さんは会社に戻った後に、わざわざ布団一式と、マットレスまでセットで車に積んで持ってきてくれたのだ。

「あ、あと、お食事お済みですか？」

「え？」

「コンビニで済まされるって言ってたの、なんだか気になっちゃって……」

そう言って、望春さんはテイクアウトのお寿司と、ザンギの袋を掲げて見せてくれた。

「お斎《とき》や精進落としの代わりです。一日遅れですが、一緒に召し上がりませんか？」

「あ……」

「あ、もう食べちゃいました？」

「おにぎり一個は」

「おにぎり一個だけ？」

正直、食べるよりも寝た方が……と思った。今からもう一度夕食っていうのは、若干しんどい。

とはいえ、ここは断る雰囲気じゃないと思ったし、一人で持て余していたというか、陰鬱《いんうつ》な時間を過ごしていたのは事実だった。

「ええ……じゃあ、是非」

「良かった！　光り物大丈夫ですか？　ここのバッテラ、最高に美味しいんですよ」

そう嬉《うれ》しそうに望春さんが笑う。

僕はと言えば、お腹は空《す》いていないと思っていたのに、ザンギの香ばしい香りに、急に空腹感を覚えた。

同時に疲労感も。

悲しい事の連続で、身体の色々な感覚がマヒしてしまっているけれど、僕は自分で思っている以上に、疲弊しているのかもしれない。

二階の部屋に、掃除で出てきたアウトドア用の折りたたみテーブルを広げ、ハイキングのように床に座って、望春さんの買ってきてくれたご飯を広げる。

握り寿司とバッテラ、ザンギとフライドポテトだ。

少し冷めて、汗をかいてしまってはいるけれど、揚げ物は一口齧《かじ》るだけで、カロリーのパワーを感じる。

ザンギのしっかりとした塩分と、鶏肉の繊維質なぎゅっとした歯ごたえ、ニンニクと生姜《しょうが》と醬油《しょうゆ》の香り――ごくんと飲み込むだけで、栄養が染み渡る気がする。

少ししっとりと柔らかくなった、皮付きで太めのフライドポテトも、一緒に付けてくれたケチャップと、アンチョビソースとの相性が抜群だった。

そして望春さんお薦めのバッテラだ。実のところ、そんなに光り物は好きじゃなかったけれど、このバッテラのサバはそもそも生臭くないし、塩味と酸味のバランスが抜群で、大葉の爽《さわ》やかな風味とガリの歯ごたえの良さもあって、多分人生で初めて食べた『美味しいバッテラ』だった。

お付き合い程度に、せいぜい一個二個口を付けるくらいのつもりだったのに、食べ始めたら食欲が猛々《たけだけ》しく襲いかかってくる。

そんな僕を、望春さんは微笑みを浮かべて見ていた。

視線に気がついた僕に、彼女は「まぁ一杯」と、缶コーラを差し出してくれた。

「バッテラにコーラですか？」

「え、美味しくない？　乾杯しましょ」

お寿司には普通にお茶がいいけれど、まあ……シュワシュワ行きたい気持ちもわかる。望春さんは車の運転がなかったら、本当はビールで～なんてやりたい所だったろう。

「でも……コーラで乾杯なんて、伯母《おば》さんが笑ってそうですね」

「確かに。加地さん……お酒が強かったから」

「伯父《おじ》さんの方は、量より質だったし、あんまり飲んでるのを見ませんでしたよ」

「すぐ寝てしまうというお話でしたね」

「そうですね、晩酌の相手にならないわって、伯母さんがよく言ってました」

「そうそう！　普段金魚を相手に飲んでいるって。だから私が遊びに行くと、ここぞとばかりに美味《おい》しいお酒を出してくれました」

望春さんは年齢も、性別も、住んでいた場所も違う。

僕の中で彼女は『悪魔』の姿をしていたし、昨日まで話だってまともにした事がなかった人なのに。

大好きだった伯父さんと伯母さんの事を、こんなにも懐かしく、愛《いと》おしく偲《しの》びながら話せるなんて、全然思っていなかった。

そもそも、僕には伯父さん達の事を、話せる人がいなかったのに……。

「………」

気がついたらまた、つーっと涙が頬を濡《ぬ》らして、僕は慌てて顔を拭った。

「すみません、僕、ずっと泣いてばかりで」

「仕方ないです。それだけ大切な方達だったんですから」

「それだけじゃないんです。僕……昔から何かあるとすぐ涙が出てしまって……」

そうだ。


『泣き虫青音』


子供の頃からずっと馬鹿にされてきた。

何故なのかはわからない。普通の人は、悲しいときだけ泣くのだろうけれど、僕は昔から、嬉しくても、楽しくても、怒っても泣いてしまうのだ。

心が揺れると、僕はすぐ涙が出る。

自分でも恥ずかしいと思っているけれど、その羞恥心《しゅうちしん》の昂《たか》ぶりや、焦りすら涙になってしまうのだ。

「男だし、もう子供じゃないんだからって、ホントに恥ずかしいんですけど……」

慌てて下を向き、目を擦《こす》りながら言うと、望春さんが「ふうん？」と、不思議そうな声を上げた。

「涙に性別がありますか？」

「え？」

「別に大人の男性だって、沢山泣いていいと思うんですけど」

「え？　でも……」

　そんな事を言ってくれた人は初めてだと、思わず顔を上げる。と、望春さんの手が僕の頬に伸びた。

「貴方《あなた》を支配する情動――それは大脳辺縁系という本能を支配する部分、人が『ココロ』と呼ぶ部分の根源から、あふれ出すもの」

「ダイノウ……？」

　望春さんが静かな声で言った。表情のないような、その細められた眼差《まなざ》しに、僕は身がすくんだ。

　それは、あの時僕を捕らえた、悪魔と同じ顔だった。

「み……みはる、さん？」

「心配しなくて大丈夫ですよ、青音さん。貴方の涙がどれだけ美しいか、私はちゃんとわかってます」

「え？」

「私はずっと……ずっと、もう何年も、貴方についての話を聞いてきた。貴方の流す涙の美しさを。あんまり沢山聞いたものだから、貴方の事は他人というよりも、まるで弟のように愛おしく思います」

「……僕が、ですか？」

「ええ、本当に。他人の気がしないんです」

伯父さん達は、そんなにも望春さんに僕のことを話してくれていたのか……。

そして彼女はそんな風に、僕のことを想ってくれているんだ。

僕は驚いたし、困惑した。

でも——でも、嬉しかった。

「だから私の前では、いくら泣いても平気です。心配しないで。絶対に馬鹿になどするものですか——貴方は私の希望よ」

「希望？」

「ええ。今にわかるわ。貴方にしか出来ない事があるって」

望春さんはきっぱり言うと、僕を慰めるように僕の少し長い前髪を、かきあげるように撫《な》でた。

「でも、沢山泣きすぎたでしょう。顔色も良くないから、今日はしっかり寝て、休まなきゃ駄目です」

本当に家族にかけるような、優しい強制力のある言葉が、今日はやたらと胸に染みる。

「だけど色々考えてしまったら……全然眠れなくなってしまって」

そう僕が答えると、彼女は僕の横に布団を敷き始めた。

「眠れなくなるような嫌な事は、考えなければいいの。さあ、横になって」

彼女に言われるまま、布団に横になる。

広げられていた食べ物を手早く片付け、彼女は部屋の明かりを消して、代わりに懐中電灯をことん、と枕元に置いてくれた。

部屋は月明かりと、街灯の明かりだけになった。

けれどそれすら遮るように、望春さんの手の平が、僕の両目を覆った。

「目を瞑《つぶ》って。このまま……眠りなさい」

「でも……」

「なにも心配いらないわ。貴方は今、大好きな伯父さんの家で、あたたかくて柔らかい布団に包まれている。私も側にいるわ」

「…………」

瞼《まぶた》の上に重ねられた手の平から、微《かす》かに望春さんの脈拍が伝わってきている気がした。

本当の事を言えば、心配なことは山積みだし、僕は自分の将来も見えなければ、伯父さんへ伝えられなかった謝罪の言葉だって、パンパンに身体の中に詰まっている気がする。

でも――それでも、望春さんの手は温かくて、優しくて、何故だかとてもほっとした。

「……望春さん」

「なあに？」

「…………」

一瞬、喉《のど》の奥まで出かかった。

僕はずっと何年も、子供の頃から、貴方の姿に怯《おび》えていたんだって。

だけれども、僕は結局、その言葉を呑《の》み込んだ。

まだやっぱり、どうしても彼女を完全に信用出来なかったのだ。

雪女の物語みたいに、もしかしたら彼女という悪魔は、僕がこの思い出を話してしまうことを、優しい女性の皮の下、真っ黒い舌をちらつかせて、待っているのかもしれないのだ。

「あ……あの、大丈夫です。これなら、眠れるかも」

「そう、良かった」

ふふ、と彼女が笑ったのが聞こえた。

「タオルケットと、掛け布団だけで大丈夫？　毛布はいらないかしら」

「大丈夫です、充分暖かいです」

「じゃあ……このまま眠って。ちゃんと部屋は暗くして、だらだらスマホなんて見ちゃ駄目よ？　合鍵《あいかぎ》はお預かりしているから、私がこのまま鍵を閉めて帰ります」

毛布を手に立ち上がった望春さんを見送ろうとしたけれど、断られてしまった。

なので僕は素直に、そのまま布団の中にいた。

トットットと優しい足音が遠ざかり、玄関扉を開け、閉めて、外から玄関扉に鍵をかける音がする。

そうして車のドアを開け、閉めて、そしてまた開けて閉める音がした。おそらく毛布をしまったんだろう。

やがてエンジンがかけられ、走り出した車の音が、すぐに遠ざかっていった。

行ってしまった。

途端に、辺りは静かになった。

不意に寂しさが胸を突いた。

「……でも、そうだよね、眠らなきゃ」

ぽつんと独りごつ。

独りだと、そう思った。

この世界で今、僕はきっと一人きりなんだって、そんな気持ちになってしまった。

だけど同時に思った。

明日《あした》、夜が明ければ、また望春さんが来てくれるのだ。

伯父《おじ》さんと伯母《おば》さんはいなくなってしまった。

でも、望春さんがいる。

静かに細胞に浸透していくような安心感の中で、僕はやっと、うねるような眠りの中に落ちていった。

漆

見ていた夢がなんだったのか、目を開けた瞬間に忘れてしまった。

でも、あまり良い夢ではなかったような気がする。

なんだか気分が悪いというか、理由もわからない焦燥感のようなもので、心がヒリヒリしていたからだ。

「…………」

窓の外を見ると、まだ真っ暗だ。

もう一度寝よう。まったく、なんで起きたんだ——と、思って目を閉じて、気がついた。


カタン……ガタガタ……ドスドス……ゴト。


微かだけれど、確かに下の部屋から音がした。

「……え？」

目を覚ました理由はこれだろう。この物音が、僕を深い眠りから引き戻したのだ。

咄嗟《とっさ》にまずスマホで時間を調べようとしたけれど、こんな時に限って電池残量が全くなかった。

充電しなきゃいけないと思っていたのに、忘れて眠ってしまったのだ。

しまった、充電器——は、さっき着替えるために行った隣の部屋の、上着なんかと一緒に置きっぱなしの鞄《かばん》の中だ。

そこでぞっとした。

それはつまり、今僕は電話が使えない——通報も出来ないって事だ。

そっとドアを開けて、隣の部屋に行き、充電器をとってきて、スマホの充電をする——いやちょっと待って、スマホって電源が入るとき、やたら大きな起動音が鳴らなかったっけ？

今使っている機種は違ったような気もするけれど、本当にそうか自信が持てない。

スマホは使えない。

下で音を立てているモノが何なのか、その正体がわかるまでは。


ドスドスドス……ガタガタ……。


息を殺しながら、耳を澄ます。

恐怖に鳥肌が立った。自分が寝ぼけているんじゃないかとも思った。

でも——これは多分現実だ。

深夜、家の中で聞こえる音——僕は最初、もしかしたら伯父さんの幽霊なんじゃないか、なんて事を考えた。

だけどよく聞いていると、それは記憶の中の伯父さんの足音とは違った。

伯母さんでもない。

次に考えたのは、望春さんが戻ってきていることだ。

僕が眠っている間に、何か明日のために作業をしてくれているのかもしれない――こんな時間に？

正確な時間はわからない。

でも少なくともまだ空は真っ暗で、体内時計的には二時とかそのくらいだと思った。

そんなの絶対におかしい。

この時間に、僕に確認も無しに作業をしないだろう。

それに彼女の足音は、もっとずっと軽やかだ。

このドスドスという、重そうな足音は――そうだ、しいていうなら日中、無理やり家に入ってきた、落合さんの足音に似ている気がする。

……そんな、まさか。

足音の主は、まるで何かを探しているように、一階の部屋を歩き回っていた。

貴重品は――残念ながら沢山ある。

本当に落合さんだろうか？　それとも見知らぬ泥棒だろうか？

家のドアは、望春さんがちゃんと閉めてくれていた筈《はず》だけど、そういえば夕方換気をした後、僕はちゃんと窓を閉めただろうか……。

思い出の品が盗難に遭うことは、けしていいことじゃない。

でもそれ以上に怖いのは、自分の身に危害が及ぶことだ。

侵入者はおそらく、僕が二階にいることに気がついていないのだろう。

バレたらいったいどうなるか……最悪の想像が、脳裏を駆け巡った。

このまま侵入者がいなくなるまで、ずっと息を潜めていようか。

だけど一階を捜索したら、次は二階を調べるんじゃないだろうか？

なんとか逃げられないか、窓からそっと外を覗《のぞ》いたけれど、二階の窓から逃げるのは、それなりにリスクがある。

特に伯父さんは、庭にも随分ゴミを残していた。

ゴミ袋は捨てて、簡単に片付けたりしたけれど、靴も履かずに窓から飛び降りたら、怪我をしてしまう可能性がある。

手元にあるのは、電池切れのスマホと、望春さんが残してくれた懐中電灯がひとつ。

カチカチカチ、カチ、カチ、カチ、カチカチカチ。

トントントン、ツーツーツー、トントントンのリズムで、外に向かって懐中電灯を点滅させてみたけれど、このメッセージを受け取ってくれる人は多分いないだろう。

このまま隠れていても、無事だという保証はない。

侵入者は今はまだ、下の部屋を漁《あさ》っている。

部屋のドアを開け、足音を殺し、一気に階段を駆け下りて玄関のドアを開け、家を飛び出す。

そして近くのコンビニに逃げ込んで、助けを求めるのだ――これしかない。

迷っている時間はない。

逃げると決めたなら、今すぐ逃げるんだ。

緊張に目が濡《ぬ》れてきた。でも泣いて怯《おび》えている場合じゃないのだ。

深呼吸を三回して覚悟を決めた。チャンスは一度。一度きりだ。

「…………」

慎重に、寝ていた部屋のドアを開けた。

音を立てないように、そっとドアレバーを下げ、閉めるところまで音が出ないように、意識的に力をいれて、廊下に身を滑り込ませた。

すり足のようにして、少しでも足音を消し、廊下を進む。

一番心配なのは階段だ。

おそるおそる足を下ろすと、両足の体重が移動した瞬間、ギ、と微《かす》かな音がした。

「…………」

まだ一段目だ。ここで臆《おく》していても、ただ危険なだけだ。

覚悟を決めてもう一段下る。

ギッ。

もう、一段。

ギィイイ。

「……ッ！」

自分で思っていたより、大きな音が鳴った。

うなじの毛が恐怖に逆立つ。

恐怖感と絶望感が僕の心を切り刻んだ。

目が濡れる。

どうか、どうかバレるな――神様、伯父《おじ》さん、伯母《おば》さん！

「……あぁ」

でも、その僕の願いは届かなかった。

電気の消えたリビングから、ぬぅ、と黒い影が顔をだした。

悲鳴の代わりにぶわっと涙が溢《あふ》れた。

そこに立っていたのは、伯父さんの幽霊でも、見知らぬ侵入者でも、落合さんでもなかった。

「お……岡さん？」

そうだった。

伯父さんの家を漁る侵入者――それは、生前の伯父さんを助けてくれた、隣人の岡さんだった。

「う……嘘だ……」

でもなんで、だとか、どうして？　だとか、聞いている余裕がないのはすぐにわかった。

岡さんもまた、言い逃れは出来ない状況である事を悟ったんだろう。

ほとんど二人同時に動いた。

彼は階段を駆け上がって僕を捕まえようとし、僕は階段を下るのではなく、手すりの方から廊下に飛び降りた。

「くっ」

滑って床に膝《ひざ》を強《したた》かに打ち付けたけれど、それでも日中、望春さんが廊下を綺麗《きれい》に片付けてくれた事に心から感謝する。

「くそお！」

階段の方から怒号が上がった。

とはいえ、岡さんから玄関までは距離がない。

だから咄嗟に僕はリビングに走った。

正確にはリビングから繋《つな》がったキッチンに。

キッチンには、結局ほとんど使っていないと伯母さんが言っていた、勝手口があるのだ。

苦労して、今日一日掃除をして良かった。

そうでなければ、あのたくさんのゴミが、僕が逃げるのを邪魔しただろう。

窓から差し込む薄明かりだけの中で歩ける程度には、僕も伯父さんの家を把握していた。

だから迷わず、まっすぐ勝手口に向かった。

「え？」

でも、たどり着いたドアのサムターンを回そうとして、ガッ！という手応《てごた》えに、僕は動揺した。

鍵《かぎ》が壊れているのか、そもそももう開かなくしていたのか、とにかく裏口のドアは、サムターンが全く回らなかった。

「あ……」

すぐに背後に人の気配を感じた。

「お……岡さん……？　なんで……？」

「いやいや、話をしようじゃないか。逃げる事はないよ」

話ってなんだ？　どう言い訳出来ると思っているんだ？

「…………」

返事は出来なかった。

太くて大きな手が、僕に向かって伸ばされる。

それを寸前でなんとかかわし、昔三人で食事をしたダイニングテーブルを上手《うま》く使って、僕は岡さんの反対側に回り込んだ。

大丈夫、行ける！

そのまま玄関まで走り出した瞬間。

「ううっ!」

ぐい、と、容赦なく腕を摑《つか》まれて、僕はそのまま床に引きずり倒された。

ばたんと壁にぶつかった反動で、コーナーにあったファックスの受話器が外れ、だらんと垂れ下がってくる。

「……ま、まさか」

その光景に、僕はぞくっと寒気を覚えた。

「まさか……伯父さんの事も?」

伯父さんが電話の横で倒れていた事を思い出した。きっと今の僕と同じように。

「あれは事故だ。そもそも発作を起こしたのは、本人の問題だ」

岡さんが僕の背中に、逃げられないように体重をかけてきた。

ぐっと息が詰まる。

「な……どうし、て?」

「どうして? 迷惑料だよ。汚い家に、使えもしない金をため込みやがって」

岡さんが吐き捨てるように言った。

「あのジジイ、ゴミを庭に溜《た》めやがって。気温が上がってくると、外が臭うんだよ。生ゴミを放置するし、開けた窓からも異臭が漂ってくる。お陰でうちは夏は窓を開けられず、エアコンを回しっぱなしになるんだ。だからその電気代の請求に来ただけだ」

「そんな……」

「金はないって言うから、今までかかってきた分と、これからの分、それを払う代わりに、コレクションを差し出せって言ったんだ。あの高いって自慢のレコードだ。ジジイ、それだけは許してくれって拒否りやがった」

それはそうだ。あれは伯父さんの宝物だったんだから。

「……別にそれじゃなくても良かったんだけどな。じゃあ何ならいい、いくら払えるって話をしていたら、ジジイ、いきなり胸を押さえて、泡を吹きやがった」

だからすぐに逃げたと、岡さんは言った。

その時救急車を呼んでくれていたら、結果は変わっていたかもしれないのに、彼はそうはしなかったのだ。

「そんな！　だったら貴方《あなた》が殺したも同じじゃないか！」

叫んだ拍子に、岡さんは僕の顔を殴った。二発もだ。耳がキーンとした。生まれて初めて人に拳《こぶし》で殴られた。

「ああ？　ゴミの中で腐らないようにしてやった事を感謝して貰《もら》いたいぐらいだ！　全て因果応報、本人の自業自得だろ！」

岡さんが吠《ほ》えた。

「そうか。だったら君も同じようにしてあげよう」

その時、見知らぬ声が——いや、何度も繰り返し聞いた声が、耳鳴りの中に響いた。

「……え？」

刹那《せつな》、ゴッと鈍い音がして、急に身体が軽くなった。

「がっ……」

口から汚い音を出し、岡さんが床に転がる。

瞬間、伸びてきた手が僕を抱き起こした。

「大丈夫ですか、青音さん！」

殴られてくらくらしている僕の身体を、守るように抱きしめてくれたのは、他でもない望春さんだった。

「みは……る……さん？」

返事の代わりに、彼女がぐっと腕に力を込めた。

「因果応報。だったら貴方も同じ報いを受ける必要がある。まずはもう一発、この子を殴った分——もう一つは、加地さんを殺した報いだね」

と、後方で声がしたかと思うと、ゴスッと、また容赦ない鈍い音が暗闇に響いた。

「や……やめてくれ……」

岡さんが呻《うめ》いた。

「何を言っている？　加地さんの分がまだじゃないか」

暗闇の中、くつくつと喉《のど》の奥から洩《も》れる、誰かの笑い声が響いた。

「でも、もし涙をくれるなら、特別に殺さないであげてもいいよ」
声の主が楽しそうに言った。
僕は激しい目眩《めまい》に襲われた。
――いい子だね、ぼうや。君が涙をくれるなら、今日は特別に許してあげるよ
同じ声だ。
そうだ、同じ声だ。
顔を上げて振り返る。
そこには望春さんと同じ顔をした、あの日の悪魔が立っていた。

捌

「どういうこと……なんですか……？」

混乱の中、涙と共に、僕は呻いた。

「ゴミ捨ての事よ。最初に話を聞いた時に、違和感を覚えたの。加地さんのご遺体は、とにかく発見が早かった。それは確かにありがたいことだけれど、隣人の姿が一日二日見えないからって、通報する人はそう多くないし、それに彼は、ゴミ捨ての時に会わな

かったと言ったわ」

僕を抱いたまま、望春さんが静かに答えた。

そうだ。言われてみると確かに彼は、昨日そう言っていた。だけど――。

「そう、加地さんがゴミを定期的に捨てに行っている痕跡《こんせき》はなかった。残っていたお弁当のゴミなどの消費期限を見る限り、おそらく最後にゴミを捨てたのは、五ヶ月くらい前の事ではないかしら」

それも全部じゃなかったわ、と望春さんは緊張した声で言った。

「おかしいと思った。だから弟に相談したの。彼の指示で、次はレコード屋さんに確認の電話をしたわ。コレクターである加地さんは、きっと馴染《なじ》みの店を持っていたでしょうし、今は旭川に、レコード店は多くない」

案の定、レコード店の店長は、伯父《おじ》さんの事をよく知っていた。

そして彼が大事にしていたというレコードの事も。

「加地さんのレコードの一部は、確かに希少なものだった。おそらく旭川で所有している人は、加地さん一人。コレクターなら喉から手が出るほど欲しい代物だそうよ。それが数日前、突然『買い取って欲しい』と、店に持ち込まれたんですって」

店長は驚きと共に、伯父さんの事を思い出した。

査定をするふりをして、伯父さんに電話をしてみたものの、繋《つな》がらない。

そして売りに来た男性から提示された身分証明書の住所は、旭川ではなく札幌だった。

『随分貴重なレコードですが、本当に買い取りに出されていいんですか』

と、店長は問うた。

すると男性は『遺品整理をしていたら、倉庫から出てきたんだ』と言ったそうだ。自分はこれに興味がないから、現金に換えたいと。

もっともらしい説明に納得して、店長はレコードを買い取ったらしいけれど、彼もまた、ずっと違和感が拭《ぬぐ》えなかったという。

「そこで盗品の可能性があるから、お名前だけ確認して欲しいとお願いしたんですよ、岡さん――加地さんのレコードを盗んで、売ったのは貴方ですね」

岡さんが、ぐふ、と返事の代わりに咳《せ》き込んだ。

「お返事は？」

そんな岡さんの頭を摑《つか》み、悪魔が囁《ささや》いた。

「加地さんが亡くなった時、玄関の鍵《かぎ》はしっかりかけられていたそうだ。という事は、犯人は家の合鍵を所有している。きっと冬に加地さんが倒れた時、通報だのなんだのというどさくさで、貴方は合鍵を手に入れたんだろう？　姉さんが預かった鍵は比較的新しくて綺麗《きれい》だ。おそらく貴方が鍵を盗んだ後に、加地さんがもう一度作った合鍵だと思う」

そう言うと、横たわった岡さんの身体を跨《また》ぐように、悪魔は上から椅子を置いて、その上に座った。背もたれに顎《あご》を乗せるようにして。

そして岡さんの首の後ろを、彼は強めに踏みつけた。

「お返事は？　答えられないようなら、喉なんていらないだろうね。このまま踏み潰《つぶ》しても構わないかな」

「やめてくれ！……そ、そうだ……その、通りだ……」

二度目の悪魔の問いに、岡さんが屈する。

「おそらく貴方は加地さんの死後も家に入った。亡くなっている彼を見ていくらかは動揺したはずだ。だから急いでガラス棚の鍵を開け、レコードだけ盗《と》って逃げたのでしょう……でも、レコードを売った金は、大変『美味《おい》しかった』――違いますか？」

「……」

「返事」

「その通りですう！」

岡さんが情けない声で悲鳴を上げる。

悪魔は不快そうに鼻を鳴らした。

「だからもっと欲しくなった。他のコレクションも。幸い遺体は運び出された――けれど、すぐに遺族が来てしまって、貴方は焦った。でも幸い遺族はこの汚い家を避けてか、どうやら泊まりはしないらしい……だから翌日の晩、つまりは今夜、貴方はもう一度家に侵入し、コレクションを盗むことを考えたんだ」

岡さんには時間がなかった。

家はどうやら片付いてしまったようだし、明日《あした》になれば専門の遺品整理士がやってきてしまう。コレクションを盗めるのは今夜だけ。

問題は僕の存在だった。

「貴方《あなた》は焦ったでしょう。なんで今夜、甥《おい》が家にいるんだって。貴方は聞き耳を立てながら、青音さんが再び家を空けるのを願った――すると夜になって、望春姉さんが現れて、やがて去った。車のドアを開け閉めした音は二度、その後加地家は電気が消え、しんと静まりかえった――貴方は喜んだでしょう、邪魔な甥が車に乗っていなくなってくれたのだと」

「あ……」

確かに僕も聞いた、車のドアが二度開け閉めされる音。

彼女は毛布を持っていた。母さんもよく助手席や後部座席に荷物を置いて、そして改めて運転席に戻る事があるので、特におかしいとは思わなかった。

でも――そうか、岡さんは僕が車に乗る音だと思ったのか。

「だから貴方は、街が寝静まるのを待って、この家に侵入した――この子がいて、そして僕らが待っていたことにも気がつかずに」

「……待っていた？」

思わず声が出てしまった。

「ごめんなさい……でもレコードは、結局『加地さんに形見分けで貰《もら》った』と言われてしまったら、罪には問えないと思ったの。証拠がなかったから」

死者はそれを証明できない――望春さんが申し訳なさそうに言った。

「だから、次は現行犯で捕らえるしかない――それに君は、ちゃんと僕らに助けを求めたじゃないか」

「あ……」

そう言うと、悪魔は椅子の背もたれの縁を指で叩《たた》いた。

トントントン、トン、トン、トン、トントントン――それはモールス信号。伯父さんが僕と望春さんに教えてくれた、SOSの合図だ。

僕が窓辺で、駄目元で誰かに送った懐中電灯のSOS。

それを、この人達はちゃんと受け取ってくれていたんだ……。

「さあどうしようね、僕の若紫《わかむらさき》」

「え？」

「『さるは、限りなう心を尽くしきこゆる人に、いとよう似たてまつれるが、まもらるるなりけりと思ふにも、涙ぞ落つる』――選ばせてあげるよ、美しい君。君はどうしたい？」

「若……ぼ、僕の事ですか？」

「このままこの男を警察に突き出したところで、おそらく問われるのは強盗罪と保護責任者遺棄致死の罪だ。加地さんの命と秤《はかり》にかけるには、あまりにも軽い罪だよ」

「あ……」

確かにそうだ。

伯父さんが発作を起こしたのは、岡さんのせいだろう。だからといって、それで殺人罪に問うのが難しい事ぐらい、僕にだって想像は容易《たやす》い。

「でも……」

だとしたら、他に何か方法が――と、そこまで考えて、ゾクッと背筋が寒くなった。

「え……？」

「大丈夫だよ。こんな男、消えたところで誰も気には留めない。君は心配しなくて大丈夫。僕が全部綺麗にしてあげるから、君はただ僕に感謝をして、その美しい涙を捧《ささ》げてくれたらいい」

悪魔が謡うように言った。さも楽しそうに。

それは一瞬、魅力的に僕の耳に響いた。

復讐《ふくしゅう》だ、伯父さんの。

伯父さんを死に追いやった男を、代わりに殺してくれる――そんな甘美な誘惑。

――だけど。

僕はちゃんとわかっている。

確かに岡さんが憎い。岡さんが伯父さんを殺した。

だけどそもそも、僕がずっと伯父さんを一人になんてしていなければ、あんな悲しい事故は起きなかったはずだ。

　それに。

「償わせなきゃ、法律で。死んで終わりにはさせたくない」

　恐怖、怒り、悲しみ――涙を流しながら、僕は答えた。

「彼を裁く法律は、君の伯父《おじ》さんの命と釣り合うものに到底なりはしないけれど」

「でもそんな事をした所で、伯父さんは帰って来やしません。いいです。このまま警察を呼んでください」

　キッパリと言うと、望春さんは安堵《あんど》の息を洩《も》らすと共に、僕をぎゅっと抱きしめた。


　――よかった。


　微かに彼女が囁く声が耳に届く。

　その心の底から安心したような声を聞いて、急に僕の身体から力が抜けた。

　僕は確かに、さっきまで自分の死を間近に感じていたのだ。

　望春さんの温かい息を首筋に感じたかと思うと、僕はそのまま意識を手放した。

終

「それで……朝、大学に行くと思うと、息が詰まるように胸が苦しくなって……ちょうどゴールデンウィークだし、札幌に戻ってきたんです。そうしたら、今度は家から出るのも嫌になってしまって。父は五月病だって――」

不意に、そんな自分の声で目が覚めた。

「……え？」

気がついたら、見知らぬ天井が目に入る。

本当に知らない場所だ。

僕は心地よい、リクライニングソファに横たわって、夢うつつのまま、知らぬ間に何かを話していたのだった。

「なるほどね。『五月病』っていうのは、正確な医学用語じゃないんだけれど、この時期に急激な環境の変化に耐えられなくなる事は、誰だって珍しい事じゃないんだ。季節の変わり目で体調も崩しやすいし、普段より心も体も疲れてしまう――君はきっと、頑張りすぎてしまったんだよ」

「…………」

そんな風に、優しい口調で答えてくれたのは、他でもなくあの『悪魔』だった。

「どうかしたかい？」

思わず言葉を失って、彼を見つめる僕に、悪魔は微笑んで、首を傾げて見せた。

そういう表情は、望春さんによく似ていた。

でもよく見ると、彼の方が背が高いし、肩幅もある。

声は勿論《もちろん》低く、男性のものだし、今は眼鏡をかけているその目は、しゅっと眦《まなじり》の上がった望春さんとは逆に、垂れ気味で、少しけだるそうに見える。

彼はお医者さんのような白衣を着て、卵形の一人掛けのハンギングチェアに居心地よく腰を落ち着けていた。

「……貴方《あなた》は誰なんですか」

考えるより先に、言葉があふれ出した。

「紫苑《しおん》。村雨紫苑。望春姉さんとは双子なんだ。二卵性なのに気味悪いほど似てるって言われるけれど、僕は違うと思っている。姉さんは可愛いし、僕は美しい」

「……はぁ」

名前を聞いているんじゃなかったし、二人が血の繋《つな》がった姉弟《きょうだい》だっていうのは、言われるまでもなくわかっていたけれど——。

「あ……あの時、僕が春光台で会ったのは……貴方ですね？」

震える声で問うた。

「そうだよ。ずっと君を待っていたんだ——捜しに行きたかったけれど、僕はこの街を出ちゃいけない約束なんだ」

「約束？　待っていた？」

「そうだよ、僕の真珠」

そう言うと、彼は立ち上がって、僕の頬に手を伸ばした——気がつけば、僕はまた泣いていた。

「動かないで」

咄嗟《とっさ》に身じろいだ僕に、悪魔——紫苑さんが、素早く言った。

何をされるのかと焦った。彼が小さな注射器を手にしていたからだ。

「ひっ」

思わず小さな悲鳴が洩れた。

「心配しなくていいよ。僕は絶対に君を傷つけはしない。そんな愚かなこと出来るものか」

彼はそう言って静かに笑った。その手にあったのは、針のない注射器——細い針無しのシリンジだった。

何かを刺されたり、薬を使われたりした訳じゃなかった。

彼は僕の——そう、僕の涙を採取していたのだ。

「え……？」

困惑する僕を尻目《しりめ》に、彼は僕の涙入りの注射器を持って、お医者さんが使うような、ディスプレイ付の白い机に向かった。

そして化学の実験で使ったような、ガラスプレートに僕の涙を一滴落とし、手慣れた仕草でプレパラートを一枚作った。

「あの……」

「し……静かに」

そう言うと、彼は顕微鏡をのぞき込み――そして息を吐いた。それは不満が形になったものではなく――言うならば官能的な吐息だ。

僕は言葉にならない恐怖を覚えた。

「……君も、見てご覧」

たっぷり僕の涙を顕微鏡で眺めた後、やがて彼は、戦《おのの》く僕にそう声をかけてきた。

そんなもの見たくなんてなかったけれど、拒めばどうなるかわからない恐怖に、僕は仕方なく従った。

「……あ」

そもそも、顕微鏡で自分の涙なんて見たことがなかった。自分以外のだってない。

そして、驚いた。

「きれいだ……」

思わず無防備なほどの感動が、自分の口から漏れた。

だって本当に驚いた。顕微鏡で覗《のぞ》いた僕の涙は、まるで雪の結晶のように美しかったからだ。

「すごいですね……涙って、こんな形をしているんだ」

「いいや、全てじゃない。こんなにも美しい涙は、君のだけだ」

そう言うと、彼はすぐ横の棚に、きっちりと並べられた木製のケースを取り出した。中には同じようなプレパラートがびっしりと詰まっている。

彼はその中から数枚を手に取って、僕に見せた。

のぞき込んだ顕微鏡の中、それはいかにも何かの結晶のような、硬質そうなものだったり、冬枯れの木の、ねじくれた黒い枝のようだったり、複雑で、ゴールの見えない迷路のようだったりした。

「これ……全部、涙なんですか？」

「そうだよ。全て人間の涙だ。涙の雨を集める僕の事を、旧友は『レインメーカー』と呼んだ。僕はこの涙の雨が降る、旭川にふさわしいと」

「涙の雨……」

でも……人間の涙なんて、どうやって集めるんだろう――と、思いを巡らせて、そしてざわっとうなじの毛が逆立った。

夕べ、彼が何をして、岡さんに何をしようとしたのか。そしてあの金色の雨の中で、彼が何をしていたのか――。

考えれば、答えは容易《たやす》い……この人は、本当に『悪魔』なんだ。

「…………」

ごくんと、恐怖に喉《のど》が鳴った。

そんな僕に気がついて、彼はまた微笑んだ。

「本当に君は何の心配もいらないよ。僕は絶対に君を害さない。欲しいのは涙だけだ。僕の望みは、この棚を君の涙でいっぱいに満たすことだけなんだ」

「そ……そんな、嫌ですよ」

だってそんなの、どうかしてる。

でも彼が冗談を言っていないことは、薄々わかっていた。

「涙の成分は98・0%が水分、あとはナトリウム・カリウム・アルブミン・グロブリン、たん白質、油分——pHは7・5~8の弱アルカリ性で、人体の中で最も綺麗《きれい》な液体だよ。そして様々な感情から生まれる液体。まさに心が形になったものだ。知っているかい？　涙はその時の感情によって、成分が違うんだよ」

「感情で、ですか？」

「うん。副交感神経が支配する『喜び』と『悲しみ』の涙はサラサラで、交感神経が優位にたつ、『怒り』や『憎しみ』の涙、『悔し涙』はナトリウム等が多く、粘度が高いんだ」

そこまで言うと、彼はちょっとだけ悲しそうな顔をした。

「『嘆きの筋肉』だ」

「え？」

「眉《まゆ》の上にあるこの皺眉筋《しゅうび》は、ネガティブな感情に繋がってるんだ。嫌いなものと向き合った時に、人はしばしばそういう顔をする。ダーウィンは、それを〝grief〟muscles

──つまり嘆きの筋肉と呼んでいた」

「ダーウィンって……進化論の？」

うん、と彼が頷《うなず》いた。急に出てきた生物学者の名前に戸惑う。

「まぁつまり……君は僕の事が嫌いだね、青音君」

「……あ、当たり前ですよ。貴方に会わなかったら、伯父《おじ》さんとはもっと仲が良かったはずだ。こんな風に可哀相な終わりを遂げさせないで済んだかもしれないし、僕だって……僕だってもっと別の道を進んでいたかもしれない」

「どれも結果論だと思うけれど──でもいいよ、憎悪でも、嫌悪でも。僕は君が泣いてくれるなら何でもいいんだ。それに出会いばかりは僕にも操ることは出来ない。僕もあの時、君を逃がしたことをどれだけ後悔したことか──だから、望春姉さんから君が戻ってきたと聞いて、いてもたってもいられなくなった」

彼はそう言ってにっこり笑うと、僕をまたリクライニングソファに戻らせた。

「一応言っておくけれど、君が想像する涙の採取方法は、あまり効率が良くない。普段、僕はこの部屋でカウンセラーをやっているんだ──提案がある」

彼はそう言うと、ハンギングチェアに腰掛け、長い足を組んだ。

「提案、ですか？」

「君が今、自分が望むような精神状態や、環境にない事は、君が夢うつつで話してくれたので、よく把握させて貰《もら》ったよ。本当は自宅にだって居場所がないことも」

「…………」

「君は今、退学を考えているようだけれど、確かに大学というのは、学びたい者に開かれた聖域で、学ぶべき道の見えない者、それを自らの人生に活《い》かせない者にとっては、無意味な場所になる。ただ『大学を卒業した』というラベルを得るに過ぎない――が、世の中ではそのラベルが必要なんだ。学歴で人間を測るのはさもしい事だという人間もいるが、ラベルが無ければガラス瓶の中の液体が、毒なのか薬なのかもわからない――それが美しい涙である事もね」

「でも」

「いいんだ、わかってる――だから一年二年、休学すればいい。心の病や自分探しの旅だと言えばいいだけだ。身に纏《まと》う鎧《よろい》は、一枚でも多い方がいい。それが適切であれば、僕のような人間でも、善人として生きていく事が出来るからね」

「貴方は、善人なんかじゃない……悪魔だ。僕は確かに、あの森の中で貴方を見た」

「でもそれを知っている人間はわずかだよ。愚かなる亡霊達や――そして君だ」

彼はふふ、と短く笑った。

「とにかく君はしばらく休学して――そして、その間、望春姉さんの下で働けばいい」

「え？……それって、遺品整理の仕事って事ですか？」

唐突な提案だった。

そんな……なんで僕が？　と思った。

「おそらく君には辛《つら》い仕事だよ。君は日中働いて、そうして毎晩僕の為に、その日の涙を流すんだ——そのかわり、その間の生活は心配しなくていいし、君の両親とも上手《うま》くやれるようにしてあげよう。これはある意味、君の人生の治療でもあると思えばいい」

「治療……ですか？」

「まぁ……嫌だと言うなら、このまま閉じ込めて、別の方法で採取するだけだけどね」

「…………」

　それは全然取引じゃない……けれど、この人は多分、本当にそうするだろうと思った。

「悪い話じゃない筈《はず》だよ。君は僕の為に毎日涙を流す。その代わり、僕は全身全霊をかけて、君の力になる」

「僕の……そう言って、本当は僕を殺すつもりなんでしょう？」

「それはいい質問じゃないね——君は金の卵を産むガチョウの物語を知っているかい？　そのガチョウの飼い主は、毎朝生まれる卵だけでは飽き足らず、ガチョウの腹を引き裂いて、もっと多くの金の卵を得ようとした……結果、ガチョウは死に、彼は金の卵を得る術《すべ》を失ってしまった」

　そして、僕は絶対にそうはならない、と、紫苑さんは言った。

　まっすぐに、僕の目を見て。

　望春さんと同じ明るい茶色の瞳《ひとみ》、眼鏡越しの双眸《そうぼう》に、僕の泣き顔が映っていた。

「僕は幼い頃ずっと、この世はあまりにも矮小《わいしょう》で、無価値な場所だと思っていた——が、雪の美術館で雪の結晶を見て、初めてこの世にも美しい物があると知った。その瞬間、僕は自分が初めてこの世に生まれたような衝撃を得た――君の涙は、あの時見た雪紋と同じだ。だから僕は絶対に君を傷つけはしないし、君を傷つけるモノを許しはしない」

「絶対に……本当に、ですか？」

「誓うよ。君の大切なものに――そうだな、君の伯父と伯母《おば》に誓おう」

「…………」

不意に目が熱く、熱くなった。

多分、初めてだ。

こんな風に、まっすぐ僕の目を見て、こんなにも僕を認め、賛辞し、そして必要だと言ってくれた人は。

僕はずっと、自分に価値がないような、そんな気がしていた。

泣いてばかりで何も出来ない弱い自分に、僕自身が価値を見いだせなかった。

からっぽで、中に詰まっているのは、なんの役にも立たない水だけだって。

でも――でもこの人は、本当に違うんだ。

それは確かにわかった。

本当に正しい事なのかどうか。世の中の倫理や、善悪で言うならば、きっと間違っている方なんじゃないかって、心の中で誰かが警鐘を鳴らしている。

絶対に駄目だ。
きっと後悔する。きっと不幸になる。こんな提案、絶対に乗っちゃ駄目だ。
わかってる。
わかってた。
でも。

「……わかりました。お願いします」

気がついたら、僕はそう答えていた。
全身が恐怖と、それ以外の感情で震えた。
悪魔と契約する人達は、みんなこんな気持ちだったのだろうか。
暗い気持ちが僕の中で暴れる。僕を壊してしまいそうな程に。
困惑、憎しみ、怒り——様々な感情が交差して、僕の両目から涙がこみ上げてきた。
なのに。

紫苑さんの指先が僕の涙を撫《な》でた時、感じたもの——それは多分『喜び』だった。

第弐話　茶碗の中のひつじ

壱

紫苑さんの『診察』を終えて部屋を出ると、始発のスーパーカムイで駆けつけた母さんが、ほとんど泣きそうになりながら、殴られた僕の赤い頰を冷やしてくれた。

望春さんの通報を受け、岡さんは警察に逮捕された。

肝心の僕が意識を失っているので、警察への対応は、あらかた望春さんが代わってくれていた。

岡さんは不法侵入や保護責任者遺棄致死などの罪に問われるそうだ。

でも紫苑さんの言うように、殺人罪にはならないみたいだ。

せめてあの時、救急車を呼んでくれたら、伯父《おじ》さんは助かったかもしれないと、悔しくてたまらない。

何より辛《つら》かったのは、世の中が伯父さんに厳しかったことだ。


『隣のジジイの家がゴミ屋敷だったら、俺でも殺すわ』

『やっちゃいけない事だけど、殺したい気持ちはわかる』

『死んで当然でしょ、自業自得』

そんな言葉がネットで溢《あふ》れた事に、僕は打ちひしがれた。

みんな、なんにも知らないくせに。

それが人の命を奪っていい理由になるなんて、本気で言えるんだろうか？　命を奪われたのが自分の家族でも、同じ事が言えるのか？

一番応《こた》えたのは、母さん達も岡さんに、申し訳ない気持ちを持っていると知った時だ。

伯父さんも悪かったんだって、そう母さんが言うのが、何よりショックだった。

僕がはっきり傷ついた事に、両親も気がついたんだろう。

紫苑さんがどう上手《うま》く伝えたのかはわからないけれど、僕はしばらくの間、望春さんと紫苑さんの住むマンションでお世話になる事になった。

伯父さんの家は、当分は野次馬や取材の人が来てしまうので、住むことが出来なそうだ。

その間、遺品整理も中断する事になった。

そうして岡さんが逮捕されてから数日、僕はまた部屋から出られなかった。

そんな僕を支えてくれたのは、他でもなく望春さんだ。

彼女だけだ――伯父さんの事を想ってくれたのは。

「それとこれとは別です。自分の思い通りにならないからといって、人の命を奪う事の免罪符にはなりません」

　そうきっぱりと断言してくれた彼女だけが、本当に僕の味方だと思った——いや、もう一人。

　紫苑さんだ。

　あの悪魔。

　彼は毎日『診察』と言って、僕の中で暴れるドロドロした感情を、全部外側に引きずり出してから、僕が流す涙を採取した。

　けして楽しい事じゃないし、彼と話すとへとへとに疲れてしまうけれど、でもその分、夜は眠れるようになった。

　食べてしっかり寝るっていうのは、体力だけでなく、心の回復も早めるのだろうか？

　そうして一週間もすると、なんだかんだ僕は元気になった。

　思い出すと苦しいけれど、少し折り合いというか、悲しみや憎悪と一緒にこれから生きていく為の距離感を、なんとなく見つけられたのだ。

　世の中には嫌な人が沢山いる反面、優しい人も沢山いると思う。

　例えば伯父さんの通っていたレコード屋さんの店長だ。

　彼は伯父さんの死を泣いて悼んでくれただけでなく、あのレコードを盗難かもしれないと訝《いぶか》しんで、売りに出さないでいてくれたのだ。

伯父さんの宝物は、無事僕らの許《もと》に返ってきた。

悲しみに沈んで、溺《おぼ》れてしまうのは容易《たやす》いけれど、それが誰の為にもならないことも漸《ようや》くわかって、僕は紫苑さんの勧める通り、すずらんエンディングサポート社でアルバイトをはじめることになった。

だって僕は、先に進まなきゃ。


すずらんエンディングサポート社は、村雨姉弟《きょうだい》のお祖父《じい》さんが起《た》ち上げた葬儀社が前身で、早くに亡くなった両親に代わって、今は望春さんのお姉さんが経営しているそうだ。

少子化や葬儀の形の変化を見据え、葬儀だけでなく、生前整理やエンディングノートの作成に始まり、遺品整理や相続手続きなど、終活からその後の遺族のケアまでを総合的に行っている。

アルファベット表記の Muguet Ending Support にあやかって、社員の人達はみんな会社のことを『ミュゲ』と呼ぶ。

ミュゲはフランス語ですずらんの意味で、どうしてすずらんの花なのか（お葬式なら菊じゃないんだ？）といえば、望春さん達のお祖母《ばあ》さんの大好きな花が、すずらんだったからだそうだ。

すずらんの別名は君影草。花言葉は純真、平穏、そして幸福の再来――遺《のこ》された人達

行動理念だ。が、再び幸せな日常に戻れるように、陰からそっとそのお手伝いをするのがミュゲ社の

社内は『葬儀部』と、『サポート部』に分かれていて、僕が伯父さんの時にお世話になった小葉松さんは葬儀部、望春さんや高木さんはサポート部に属する。

出勤初日、僕は滅茶苦茶《めちゃくちゃ》緊張していた。

何故なら僕は、今までお手伝い程度でしか『仕事』というものをしたことがなかったからだ。

我ながら甘やかされているとは思ったけれど、大学に受かるまで、僕が両親から求められていたことは、あくまで『品行方正』であることと『学力』だったんだ。

勉強をすることが学生の本分であると言われてきたし、そもそも自分の自由になるお金は必要なかった。

何故ならスマホと本があるだけで、充分に事足りてしまう高校時代だったから。

「そんなに緊張しなくても、まだ大変な現場には連れて行かないから大丈夫よ？」

ミュゲ社に向かう車の中で、運転席の望春さんが笑った。

望春さんは、確かに見た目は中性的だけど、話せば女性的で、趣味も人形集めだって言うのに、音楽の趣味はどうやらロックらしい。

彼女の親友が好きだという聖鬼ＭｋーⅡや、犬のかぶり物で正体を隠しているコミッ

クバンドと見せかけて、曲は結構ハードでシリアスな ONE WITH A MISSION を、車内でガンガン流している。

大きな音に声がかき消されてしまわないように、しっかり耳をそばだてて彼女の話を聞いていた僕は、ずっと心の中にあった不安が的中しそうな事におびえを隠せなかった。

「やっぱり……大変な時は大変なんですか……」

緊張の理由は、そもそもそういう事じゃなかったんだけど……と思いつつ、続く言葉が気になった。

「うーん、高木姉弟《きょうだい》が一緒の現場とか……加地さんのお宅はレベル1くらいね」

「あれで？」

「高木の愛《あい》ちゃんは、事件現場特殊清掃士の資格を持っているの。うちでは特掃って呼ばれてるんだけど……見つかったご遺体の状況や、極端に汚れたお部屋は、慣れっていうか……ある程度耐性がないと難しいかな」

「耐性……って、つまり死体にってこと、ですか」

「そう。慣れる場合もあるけれど、ご遺体やそういう汚れって、向き不向きがあってね。苦手な人はトラウマになっちゃう」

「…………」

所謂《いわゆる》『事故物件』が、壮絶な現場っていうのは、僕も耳にした事がある。

『まだ』って事は、いずれはそういう現場に携わるかもしれないという恐怖が、漠然と僕の心に覆い被さって来た。

車の外を見ると、空は灰色だ。

五月の末、もうすぐ夏が訪れるのを感じさせる温《ぬる》くてむしっとした空気が、僕のくせっ毛を朝から最強に縮れさせている。

湿度が45％を超えたくらいから、急にくるくるに跳ねてしまうのだ。ミラーで見る限り、このくるくる具合は湿度60％近いだろう。

吸い込む空気も今日は粘度があって、息が詰まりそうな気がする。

いや、これは今日の湿度のせいじゃなくて、久しぶりに外に出たストレスのせいだろう。

咽頭《いんとう》異常感症というらしい。

ストレスで交感神経の働きが強まっているせいだと、お医者さんが言っていた。

気持ちの問題だとわかっていても苦しい。でも、今日は自分に負けたくない気持ちもあった。

車から降りると、家を出た時に感じたむわっとした空気は、幾分爽《さわ》やかなものになっていてほっとする。

見上げた遠い山の方も青空が覗《のぞ》いていた。少し気持ちが軽くなった気がした。

なにはともあれ初出社だ。

ミュゲ社の社員通用口は、やっぱり葬儀社らしく、微《かす》かなお線香の香りがして、あと隅に盛り塩がしてあった。

「雨宮さん！　サポ部に来るってお話は本当だったんですね」

その時、丁度通りかかった小葉松さんが、そう言って驚いた顔をした。

「あ、先日はどうも……」

「いやいや、大変な仕事ですが、頑張ってください」

綺麗《きれい》にツルッと髪のない頭を、ぺちぺち自分で叩《たた》きながら小葉松さんが言った。

「松さん、花粉」

不意に彼の背後から、そんな戒めるような声が響いた。

「おおっと、百合《ゆり》はこれが困るんですよねぇ……」

言われてみると、彼の真っ黒なスーツの二の腕の部分に、黄色っぽい粉がべっとりついている。

「そうね、小葉松さんは紹介しなくて大丈夫ね。祖父の代から勤めてくれている人なの。通称松さんね」

そういいながら望春さんは、後ろから来た長身の女性と二人で、小葉松さん――松さんの黒いスーツをパタパタと払った。

長身の女性はきっちり髪を後ろで結い上げていて、いかにも怖そうな雰囲気だけれど、なんとなく面差しが望春さんに似ている。

目尻《めじり》のきゅっとつり上がった所と、鼻の形が——おそらくこの女性が、ミュゲ社の現社長・藤山藤乃《ふじやまふじの》さんだろう。

「続けてもう一件なんて、ごめんなさいね」

「いえいえ、行って参ります」

藤山社長がそう労《ねぎら》うように声をかけると、小葉松さんは人好きのするような朗らかな笑顔で、すれ違いざま僕に「じゃあ！」と声をかけて頭を下げ、ぱたぱたと社屋を出て行った。「松さん、二件続けては大変ね。相変わらずだわ」

そんな背中を、望春さんが苦笑いで見送る。

「相変わらず？」

「ええ、彼、『死神タイプ』だから」

「し……死神」

それはなんとも物騒なタイプだ。僕の眉間《みけん》にむむ、と皺《しわ》が寄った。

「業界の隠語かしら。彼みたいに、やたらご葬儀が集中する人っているのよね」

と藤山社長が言った。ミュゲ社では、小葉松さんが当直の日は、葬儀が重なるというジンクスがあるらしい。

「産科もよ。産みの手、産まず手って、やたら夜勤の日にお産が多い人とか、難産に当たりやすい人がいたりとか」

続く望春さんの話に、「へえ〜」と感嘆が洩《も》れた。

「やっぱり月の満ち欠けや潮の満ち引きには、ゆるっと引っ張られている気がするしね、出産もご臨終も」

満月や新月が近づくと、普段よりもお産が増えたり、引き潮の時間に亡くなる人が多かったりするのだそうだ。

ただ「偶然だよ」で片付けるには、ちょっと説明のつかないようなそういう話が、命の現場には多いのだと、望春さんが言う。

そういえば望春さんは、元々お医者さんを目指していたはずだ。

家業とはいえ、今はどうして病院ではなく、葬儀屋さんで働いているのだろう？　と思った。

少なくとも紫苑さんはカウンセラーを生業《なりわい》にしているのだから、絶対にここで働かなきゃいけない、という事もなさそうなのに。

「雨宮君ね」

思わず望春さんの、その整った横顔を見ていると、不意に藤山社長から声をかけられた。

「へ、あ……はい！　今日から宜《よろ》しくお願いします」

「わからない事があったらどんどん望春に聞いて、指示を仰ぎなさい。お客様の迷惑になるより、ずっといいから」

「はい」

特に『喪』の現場は、他とは違う気遣いや、儀礼的なマナーも問われるから、と、藤山社長は言った。

確かに伯父《おじ》さんの時も、小葉松さんは丁寧すぎるくらい丁寧に、僕と母さんを世話してくれたのだ。

言いながら藤山社長は、僕が着ていたミュゲ社のロゴいり作業つなぎの、少し下がっていた前ジッパーを、首のギリギリまでしっかり上げた。

「服装には特に気をつけて。いいわね？」

「は、はい」

「あと、常に敬意を忘れないこと」

「……敬意？……ご遺族に、ですか」

「それだけじゃない。個人様や一緒に働くスタッフ、協力会社さんの方、お坊様……あとは何より自分にね」

「自分に？」

社長の話は尤《もっと》もだと思ったけれど、最後の『自分』という言葉に、僕が思わず社長を見て繰り返すと、彼女は真顔で頷《うなず》いた。

「ええ。しっかりと自分自身に敬意を払って。私達のお客様は、原則傷ついて、悲しみ、痛みを抱えているの。その辛《つら》さを少しでも軽減するのが私達の仕事。普通よりも繊細な心配りが必要な仕事なのに、肝心な自分を気遣えないような人間に仕事は任せられないわ」

「あ……」

なかなか厳しいというか、難しい事だと思ったけれど、よく『身を粉にして働く』とか、大体の仕事っていうのは、自分を犠牲にしなければならないものなんじゃないだろうか？

そんな僕の疑問は、口にするまでもなく、社長はお見通しだったらしい。彼女はゆっくり首を横に振った。

「いい？　自分の事が見えない人間はね、本当の意味で心配りなんてできないのよ。必ずどこかに自己満足が隠れていて、『尽くしてあげているんだ』っていう上から目線になったりする。仕事を自己承認の道具にしないで欲しいのよ」

「…………」

「だから本当に他人を満たす為には、まず先に自分が満ちていなきゃ駄目。でないといい仕事も出来ない。とくにうちの会社ではね。わかった？」

「わ……わかり、ました」

言っている事はなんとなくわかった。でも、具体的に『自分に敬意』って、どうしたらいいのか、すぐには想像できなくて、僕は思わず望春さんを横目で見た。

でも彼女は僕ではなく、どこか誇らしげな表情で、藤山社長を見ていた。

その眼差《まなざ》しには、確かに『姉』に対する敬意が見える。

「いい？　私達は人の最期の時間を護《まも》る者。貴方《あなた》にとっては仮初めの仕事でも、お客様にとっては唯一の時間を預ける相手なの。だからどうか自分の最期の刻《とき》に、よく生きたと誇れるような仕事をして頂戴《ちょうだい》」

大切な人のお葬式を行う機会は、人生ではそう多いことじゃない。勿論《もちろん》そんな機会は、そもそもなければ幸せだけど。

でも確かに故人にとって、お葬式は人生で一度。唯一無二の時間なのだ。

「頑張ります」

今度ははっきり、しっかりと、藤山社長の目を見て応《こた》えると、彼女はふっと笑った。

笑顔は望春さんとよく似ていると思った。

「じゃあ望春、よろしくね」

「はい社長」

望春さんは頷くと、社長室に向かう藤山社長を見送ってから、僕に向き直った。

「まぁ、辛いと思ったら無理しなくていいからねって意味かな。この業界、無理して続けると病んじゃう人も多いから……常に死と悲しみ、悪意に触れたりしなきゃいけないからね」

「悪意……ですか」

「そうね。不思議とね、色々なものが剥《む》き出しになるのよ、死の現場は。だからうちの会社は、福利厚生でいつでも紫苑のカウンセリングを受けられるようになってるの。辛い時は、無理しないでいつでも言って」と、望春さんは優しく言ってから、僕に社内をざっくり案内してくれた。

家族葬用のコンパクトな式場がひとつ、そして事務所や備品室の他に、キッチンや宿直室なんかがある。

「葬儀部の人達は、基本夜勤があるの。いつ呼ばれても対応できるようにね」

人が亡くなるのに時間は関係ないし、それが深夜であろうとも、連絡を受けたら駆けつけるのが葬儀屋だと、望春さんは言った。

人は亡くなった瞬間から、腐敗が始まってしまう。すぐに駆けつけて対応しなければ、ご遺体が綺麗《きれい》な状態で式を執り行うことが出来ないのだと、望春さんは付け加えた。

「うちは、祖父の代から葬儀屋さんだから、こういう生活は慣れっこだけど、客観的に考えたら、大変な仕事だとは思うの。誰かがやらなきゃいけない仕事でもあるんだけど」

それは確かにそうだ。人はいつかかならず死んでしまうから。

「その点私達は、時間は規則的だから安心してね。基本余所《よそ》様のお宅にお邪魔するから、ご近所のことも配慮して、ある程度の騒音が許される時間の作業になる」

「良かった。ちょっと安心しました」

僕は思わず胸をなで下ろした。紫苑さんの勧めではあるものの、働こうと決めたのは自分自身だ。とはいえ、さすがに昼も夜もない作業だったら辛いじゃないか。

サポ部の事務室に行くと、高木さんともう二人、女性と男性がそれぞれパソコンやファイルに向かっていた。

高木さんは僕に気がつくと、よ！　っていう感じで片手を挙げて見せた。

「君はなんとなく、うちに来ると思ってたよ」

「え？　僕がですか？」

高木さんが、答える代わりにきゅっと口角を上げて笑った。

「高木の愛ちゃんは紹介は必要ないわね。特殊清掃担当——その隣が勇気《ゆうき》君。愛ちゃんの弟で、同じく特殊清掃をやっているの」

望春さんの説明を受けて、愛さんが隣の青年を指差した。スポーツ刈りの体育会系って感じの青年だ。二十代前半だろう、僕とそんなにすごくは変わらない気がする。

勇気さんが無言で頭を下げた。お姉さんの方もぶっきらぼうに話す人だけど、弟の勇気さんは更に上を行くみたいだ。

「ご姉弟《きょうだい》でやってるんですか？」

「そ。幼稚園児の頃からずっと音信不通だった父親が、風呂場《ふろば》でドロッドロになってたのを、二人で片付けたのがきっかけでね」

「え……」

愛さんはさらっと、まるで昨日の天気でも話すような調子で言った。でも、全然軽い話なんかじゃなかった。

「あの時、私はまだ十九歳で、弟は十五。母も既に蒸発してて、育ての親だったばーちゃんももう死んじゃってて。誰に頼っていいのかもわからないし、大家はぼったくってくるしさ。二人で散々苦労した。だからこの道に進んだの」と、愛さんがどこか誇らしげに言った。

私達二人で、どんな部屋だって綺麗にするよ！　と、不敵に笑って。

僕と同じくらいの年頃で、そんな経験をするなんて、想像を絶する苦労だっただろう。

愛さんと勇気さんの二人の顔には、そこに生業を見いだしたというだけでなく、確かな使命感のようなものを感じた。

「そっちは相続コーディネーターの佐怒賀《さぬか》姐《ねえ》さん。遺品査定士と相続実務士の資格を持ってる。ようするにお金担当」

そして愛さんは、顎《あご》をしゃくるようにして、自分の向かい側の席に座る女性を示した。

年齢は三十代半ばくらいだろうか？　緩く波打つ肩までの髪と、柔和そうな表情が印象的な女性だ。

「初めまして、佐怒賀憐子《れんこ》です」

「あ、そうだ。伯父の事で母とお話しされていましたよね」

「ええ。今日も加地さんの件でお話ししたいことがあるから、仕事の後に時間を下さいね」

「あ……宜《よろ》しくお願いします」

そうだ。隣人の事件のせいで、伯父《おじ》さんの遺品整理はすっかり滞ってしまっている。

急ぐ必要はないとは言われているけれど、このままにしておく訳にもいかないのだ。

そんな話に気を取られていると、気がつけば望春さんが、困り顔で電話に出ていた。

「どうしたんですか？」

電話を切るなり、「うーん」と声を洩《も》らした望春さんに問う。

「しまったな。今日行く予定のお宅が、お客様の都合で来月に延期になっちゃって」

「じゃあ、ちょうどいいじゃない。今日は塩尻《しおじり》さんの方に行ってよ。明後日《あさって》ご遺族が来るんでしょ？」

そんな困り顔の望春さんに、愛さんが言った。

「でも……いきなり大丈夫かしら？　今日が初日なのに」

「むしろあのくらいで無理ってなるなら、続けられないんじゃない？」

僕の頭の上を、望春さんと愛さんの会話が飛び交う。

なんとなく不穏な気がする……。

「床も剝《は》がして洗浄済みだし、そう酷《ひど》い現場ではないと思う」

そんな二人の会話を聞いていた勇気さんが、顔を上げないまま言った。

どうやらそれが、後押しになったらしい。

「そうね……じゃあ、ちょっと娘さんに確認を取ってくるわ——ごめんね、青音さん。最初はレベル0くらいから始めたかったんだけど、もうちょっと……難度が上がるかも」

「え……」

「オゾン脱臭機も使用済みだし、ご遺体まわりをしっかり片付ければ、思ったほど臭いもしないもんだよ。大丈夫大丈夫」

望春さんの後、愛さんが平然と言う横で、勇気さんも頷《うなず》く。

思わず「ほんと？」という目で望春さんを見ると、彼女はちょっと眉間《みけん》に皺《しわ》を寄せてから、「そうね」と言った——いや、本当ですか……？

「まぁ、ある意味刺激の強い部屋ではあるけどね」

ひひ、と愛さんが笑って見せた。

いったい、どんな部屋に連れて行かれるのか……。

「…………」

思わず不安で真顔になった僕に、先輩達はそろって笑顔を返した。

弐

ミュゲ社を出て、車で十数分。

大きな川の近くのマンションに、僕らはやってきた。

「さ、お仕事よ」

「先に周辺にご挨拶《あいさつ》に行かなきゃ……青音さんはまだ見習いだし、車内待機でいいわ」

そう言うと、望春さんは作業つなぎの襟元を正し、車のミラーでさっと髪を整えた。

「あの？」

「うん？」

「もう、これからは『青音さん』じゃなく、『青音』か『雨宮』でいいです」

先週こそ、僕は彼女の依頼人だったわけだし、親愛の情を込めて名前にさんをつけた形で呼んでくれていたのだとは思うけれど、今日から彼女は、仕事上の先輩になるわけだ。

「そうね。じゃあ、仕事中は『雨宮』にします」

僕に言われて、彼女も同じように思ったのか、少し考えてから望春さんはそう答えた。

「でも……そうじゃない時は『青音』にしようかな」

そう付け加え、望春さんはふふ、と笑った。

「はい」

ただ呼び方の話だ。でもなんだか嬉《うれ》しかった。

伯父さんの時も、望春さんは事前に周辺のお家《うち》に挨拶をしていた。

大きな音が出たり、ゴミを処分するためのトラックが出入りしたりするので、数日のこととはいえ、確かに迷惑になるのだろう。

特にうち一軒は、車の中からでもわかるような剣幕で、望春さんに抗議しているようだった。

それでも低姿勢で対応し、やがて車に戻って来た望春さんが、「ふー……」と深く息を吐いた。

「大丈夫ですか？」

「まぁね、慣れてるから。仕方ないのよ。生前の関係性がそのまま表れるの」

特殊清掃が必要になるお宅は、特定の対人関係、ご近所との関係にも問題を抱えているケースが多いと、望春さんが言った。

伯父さんと隣人の関係が良くなかったことを思い出す。

「本人がもういないから、ため込んでた鬱憤《うっぷん》を、どうしても誰かにぶつけたいんでしょうね……でもまぁ、直接ご遺族に向けられるよりはいいわ」

「だけど……辛《つら》くないですか？」

「そうね。だからってちゃんと対応しておかないと、後でトラブルの原因になってしまうから」

そこまで言うと、望春さんは「気にしないことよ」と言った。

「こう言ってはなんだけど、これも数ある仕事のひとつ。通り過ぎていく一件でしかないの。一瞬凹《へこ》むことはあっても、この仕事限りよ。感情も一件ごとに置いていくの。いつまでも心に置いておくと辛いだけだからね」

そう言ってから、望春さんは僕に手袋とマスクを着けるよう指示した。

「貴方《あなた》もよ。自分の中にまで残しちゃだめよ」

「はい」

「じゃあ、始めましょう」

彼女の言葉に背中を押され、覚悟を決めて車を降りる。

現場は三階建てのマンションの二階。真ん中の部屋だった。

彼女が部屋のドアを開けた。

むわ……と、甘ったるいような微《かす》かな腐敗臭と、鼻につくアンモニア臭と埃《ほこり》の臭いがマスク越しに襲いかかってくる。

とはいえ、幸い部屋もわりとコンパクトそうだし、ゴミは伯父さんの家のリビングよりも、遥《はる》かに少ない気がする。

望春さんは一度現在の状況を、依頼人である『塩尻さん』の娘さんに画像を何枚か添付して連絡してから、作業用の上靴に履き替え、部屋に入っていった。

僕もそれに倣う。

数歩進むと、急に臭いは強くなった。

また一歩踏み込むと、ブ……と羽音をたてて、一匹の蠅が僕の顔の横をかすめるように飛んでいく。

部屋は玄関に入ると、すぐ水回りの見える1LDKで、リビングと奥の寝室とは襖《ふすま》で仕切られていたらしい。今はその襖が外されて、壁に立てかけられていた。

「…………」

もう既に特殊清掃担当の二人が、綺麗《きれい》にしてあるというのは本当らしく、奥の寝室の一角が、不自然なほどぽっかり空白になっている。

おそらく布団かベッドがあったんだろう。

床板が数枚剝がされて、石膏《せっこう》ボードが剝《む》き出しになっていた。

そこが、現場なんだと思うと、急に目眩《めまい》がして、息が苦しくなった。

「う……」

「雨宮。窓を開けては駄目」

思わず新鮮な空気が欲しくなって、無意識に窓を開けようとした僕を望春さんが制した。

「え？」

「開けてしまうと臭いだけでなく、わずかに残っている蠅たちが外へ逃げてしまうから」

「あ……」

「蠅は感染症の媒介にもなるから、私達も気をつける必要があるし、単純に近隣住人のご迷惑になるでしょう。辛いなら、一度部屋を出て、深呼吸してらっしゃい」

「……はい」

平気です、と答えられないのは恥ずかしかったけれど、新鮮な空気が恋しくてたまらなかったので、その提案に従った。

言われるまま外に出て、このまま札幌に帰りたい衝動に駆られたものの、こみ上げてきた涙に逆に奮い立つ。

だって、帰ってどうする？　どこに行く？

現状、僕がいていい場所は、きっとここだけだ。

再び勇気を振り絞って、部屋に戻った。望春さんは労《ねぎら》うように、僕の背中をぽんぽん、と叩《たた》いた。

「亡くなったのは六十代の独居男性。部屋の規模の割に、物は多い方ね――見て」

そういうと、望春さんはキッチンやリビングの棚を指差した。

「ゴミはそうでもないけれど……買い置きが目立つわ。きっと典型的な『勿体《もったい》なくて捨てられない、巣ごもりタイプ』の男性だったのね」

確かに言われてみると、棚には一人暮らしには多いんじゃないか？　って思うくらいの日用品や、缶詰、乾麺《かんめん》なんかが、隙間なく押し込まれていた。

「寝室で亡くなられたんですね」

「そうね――雨宮、何か信仰している宗教は？」

「あ、いえ、特には……我が家は典型的な、仏壇も神棚もあるような家なので」

「そう。でも一応片付けさせて戴《いただ》く前に、手を合わせておきましょう。挨拶みたいなものね」

言われるまま手を合わせる。

でも僕には、何を祈ればいいのかわからなくて――結局、『怒らないでくださいね』と心の中で呟《つぶや》いた。

上手《うま》く言えないけれど、自分が死んだ後、他人に家を弄《いじ》られるのは嫌なんじゃないかと思ったからだ。

ちゃんと悪いようにはしませんから。綺麗にご家族の許にお返ししますからね。

そうして顔を上げると、望春さんは既に作業を始めていた。


基本は伯父《おじ》さんの時と同じだ。段ボール箱に貴重品を入れ、確実にゴミと思われるものだけ選別して捨てていく。

「明後日《あさって》娘さんがいらっしゃって、最終的に残すものの確認をしていただくんです。その前に、ある程度荷物を整頓《せいとん》し、綺麗にしておかなければ」

「ゴミを取り除くって事ですよね？」

伯父さんの時は、床に明らかなゴミが散乱していたけれど、こちらのお宅は雑誌だとか、買ったままビニール袋に入ったままの日用品や食料品が目立った。

「……今回は、それ以外もあるの」

望春さんは、ちょっと僕から視線を外して、どこかばつが悪そうに言った。

「え？」

ふと見ると、テレビ台の前に、あられもない格好をした女性のＤＶＤが、無造作に置かれていた。

「あ……」

それは一人暮らしの男性らしいといえばそうだろうけれど、六十歳を過ぎてもこんな感じなんだ……と、僕はなんだかむず痒《がゆ》い気持ちになった。

「遺《のこ》された貴重品や思い出の品を探しだし、ご遺族に渡すのが遺品整理士の仕事だけれど、同時に『故人の個人的な物』『遺族が見ない方がよい物』を、秘密裏に整理するのも私達の仕事よ」

人間には誰しも秘密がある。

知られたくないことだって沢山あるだろう。

特にこういった、性に纏《まつ》わるセンシティブな物の取り扱いは重要だという。

「勿論《もちろん》そのまま捨てないで、数日間は別途保管しておきます……でも、こういった物は、ご遺族に配慮が必要です」

「わ……わかります」

確かにもし自分の親が、性的な物を日常的に愉《たの》しんでいると知ったら、少なからず嫌悪感を抱くだろう。

でも、なるほど、愛さんの言っていた事がわかった。刺激的って言うのは、こういう事か。

望春さんはしゅっとしていて、中性的な雰囲気があるけれど、勿論女性な訳で――そんな人と二人で、こういった品を集めて箱にしまう作業は、他の物よりもなんだか緊張するというか、申し訳無さが漂う。

しかも他人の、一番深く隠されている部分に踏み込んでいる確信があるし、なんだかとても暗澹《あんたん》とした気持ちになった。

「まぁ……すぐに慣れるわ」

そんな僕の心を見透かしたように、望春さんが言った。

「でも今回は少し丁寧に配慮しましょう。明後日いらっしゃるご遺族はね、塩尻さんとはあまり関係が良くなかったみたいだから」

「関係が？」

「ええ……もう、ずっと疎遠だったんですって」

最初依頼を受けた時、塩尻さんの娘さんは、『父の物は全て、何もかも処分してください』と言ったそうだ。

けれど勿論お金は捨てられないし、貴重品などもある。でも本人は最初、父親のお金なんて、一円だって受け取りたくないの一点張りだったそうだ。

結局、清掃などは望春さん達で行うが、貴重品の整理だけでもして欲しいと頼み込んで、やっと本人が対応してくれることになった。

「でも『通帳も何もいらない、捨ててください』ってよっぽどの事だわ……」

聞けば高木姉弟《きょうだい》のように、幼い頃に両親が離婚して以来、父親とはずっと会っていなかったそうだ。

それでもその苦労がわかる愛さんからの勧めもあって、やっと明後日から二日間、遺品整理の時間を取ってくれることになったらしい。

その二日間で、きっちりと部屋を片付ける為にも、事前に僕らはこの部屋をある程度綺麗にしておかなきゃならないのだ。


伯父さんの家よりも、何倍も綺麗な部屋ではあった。

とはいえ、同じ部屋で人が亡くなっていたんだという恐怖に、何度も逃げ出したくなった。

心霊的な恐怖もあったけれど、生理的な嫌悪感がなにより激しかった。人間は本能的に、死の臭いから逃げたくなるのかもしれない。

掃除は一日で片付いた。しまうべき物は、然《しか》るべき場所に全て納まったという印象だ。

でも僕は、すっかり疲れてヘトヘトになって、車に戻るなり、涙がこみ上げてきてしまった。

だから望春さんは、無理しないでいいよ、と、そのまま車を自分のマンションに走らせた。

まずはしっかりシャワーを浴びて、全身綺麗《きれい》にするのよ？　と僕に言いつけてから、望春さんは丁度、今日最後の患者さんを送り出した紫苑さんに、僕を預け、ミュゲ社に戻っていってしまう。

なんだか急に心細くなってしまった。

「お疲れ様。初日なのに、よく頑張れたね」

どこまで今日の僕を知っているのかはわからないけれど、紫苑さんが労ってくれた。

「う……」

玄関で靴を脱ぎ、白と茶、グリーンを基調にした、清潔で明るい部屋を見回した瞬間、気が抜けた。

途端に、胃の奥の物がせり上がってきた。

自分でもあ！　と思った時には、僕は情けない事に、この埃《ほこり》ひとつないような綺麗な部屋の入り口で、嘔吐《おうと》してしまっていた。

胃液で喉《のど》が熱く、苦い。

「す、すみません……」

吐き気が治まると、羞恥心《しゅうちしん》や悔しさにメンタルがガンガン殴られているのを感じながら、まずは掃除をしなきゃと僕は慌てた。

「大丈夫。このくらい気にしないでいいよ。君はまずシャワーを浴びておいで」

なのにそんな僕に紫苑さんは優しく、気遣うように僕にティッシュを数枚差し出してくれた。

「でも」

「だってたかが胃の内容物じゃないか。胃袋を切り開けば、みんな同じだよ。いや、その時はもっと酷《ひど》い。そもそもまず腸が――」

「……うっ」

気遣いだ？　前言撤回。

こんな時に聞きたい言葉じゃなくて、僕は再び胃液を床にぶちまけた。

参

気持ちと吐き気が治まるまで、少しゆっくりめにシャワーを浴びてリビングに戻ると、部屋はすっかり綺麗になっていた。

若干のぼせ気味でぼーっとした僕に、甘くない炭酸を差し出して、「大丈夫？」と紫苑さんが問うた。

勧められるままおそるおそる一口嚥下《えんか》する。

ライムとミントの微《かす》かな酸味と爽《さわ》やかな香りが、僕の身体の中の嵐を鎮めてくれる気がして、僕はそのまま二口ほどゆっくり飲んで、やっとふう、と人心地ついた。

「じゃあ、『診察』をはじめようか」

「え？」

「食事が先の方が良かったかな？」

「いえ……今は……」

そんな気分じゃない。答えて思わず落胆した。

そうだった。

そうだ、結局それが目当てなんだ、彼が優しいのは。

大事なのは僕じゃなくて、僕の涙なんだ――。

そんなのわかっているものの、それでも優しくされてちょっと嬉《うれ》しかった僕は、反動で余計にがっかりしてしまった。


とはいえ、嫌々ながらも診察用のリクライニングソファに深く身を沈め、なにげない話から始めたはずなのに、今日一日あった事、辛《つら》かった事や嬉しかった事、心の動く全てを、気がつけば話してしまっていた。

その度に僕の瞳《ひとみ》からは涙が溢《あふ》れた。

彼はそれを後で、シリンジで吸い上げては、一本一本、小さな試験管に詰めていく。

彼はそれを後で、ガラスの板に閉じ込めて、標本に変えていくのだ。

まるで自分が実験動物にでもなったような、複雑な気分だ。

生理的な嫌悪感——が、ないとも言い切れない。

けれど僕の涙を、それは嬉しそうに管に詰め、のぞき込んでいる紫苑さんの姿は不思議だ。まるで子供みたいだ。

「……そんなに、涙なんていいですか？」

「一緒に見ようか？」

「いいえ、結構です」

「残念だね、きっと今日も綺麗なのに」

いや、いくら綺麗だとしても、自分の体液だと思うと……。

「……そんなに集めて、集めすぎて、いらなくなったらどうするんです？」

僕に興味を失ってしまうのだとしたら、それはそれでありがたいけれど。

それに休学期間は最長二年と両親と約束した。長くてもこんな生活は二年だけの筈《はず》だ。

「集めすぎなんてことはないよ。欲しい物は、いくらだって欲しい。限りなんてないし、満足なんてできない。人間は貪欲《どんよく》な生き物だから」

紫苑さんは、歌うようにそう言った。

「…………」

何か言おうと思ったけれど、上手《うま》く言葉にならなかった。

答えが全く纏《まと》まらない。

でもひとつだけ確かな事は、僕は無力だし、無価値だ。貪欲に欲しい物、飽きる事なく欲しい物――も、ない。

そうだ、僕には何にもないんだ。

なんにも。

「……息抜きに何かしようか。何が好き？」

けれどそんな僕の心を見透かしたように、紫苑さんが問うた。

「何って――何もないですよ」

「そんな筈はないよ。君は繊細で聡明《そうめい》だ。物事に本当に興味が持てない人間だとは思えない。ただ少し、環境に自分を捧《ささ》げすぎてきただけだよ」

「環境に？」

「君は優しいね。誰かに否定されることが怖いんじゃなくて、相手を傷つけたり、不快にさせたりしてしまうのが怖いから、だから『自分』を隠してしまっているだけでしょう」

「…………」

そう言うと、紫苑さんはリクライニングソファから身体を起こしていた僕を、もう一度寝かせた。

「目を閉じて、ゆっくり思い出してご覧。伯父《おじ》さんの家に来て、何が楽しかった？」

「あの……」

「しー……しゃべらなくていい。今は僕じゃなくて自分と会話する時間だ」

紫苑さんは自分の口元に手を当ててから、僕の目を閉じさせた。紫苑さんの手の平が、僕の涙で濡《ぬ》れたのがわかる。

「物事が上手く行かない時、誰かの期待に応《こた》えられないと自分に失望した時、越えなければならない障害をどうしても越えられないでいるからって、『喜び』を敵に回しては駄目だよ――それは本当は、君の背中を押してくれる味方だ」

「味方……？」

「そうだよ。娯楽は悪じゃない。快楽を甘受するのは、成功者だけに与えられた特権じゃない。それは生きとし生けるもの全てが有する権利だ――さあ、思い出して。幼い自分に聞いてみたらいい」

紫苑さんの声が、深く、水のように、僕の中に染みこんでくる気がした。

幼い自分。

幼い頃、僕が大好きだった事はなんだろう。

よく本を読んでいたけれど、それはただ、大人が褒めてくれたり、母さんが喜んだりするからだった気がする。父は僕に、大人しく従順な子供であることを求めていたから。

本は楽しい――でも、それが本当に、僕の一番の『楽しい』じゃなかった。

――そうだ、絵本はいつも僕の身近にあった。

その中で強く惹《ひ》かれたもの。

小さな僕のおねだり。

「――あ、ホットケーキ」

ぽつんと、自分でも戸惑うくらい、あっさりとそれは喉から飛び出した。

「伯母《おば》さんと作ったんだ。絵本の中のホットケーキがあんまりおいしそうで、作ってみたくて」

母さんは仕事と家事で忙しく、小さな僕がキッチンに立つ事に、付き合う余裕はなかったと思う。

父もだ。彼も多忙だし、そもそも料理をする人じゃない。

だから僕は伯母さんにお願いしたんだ――ねえおばさん、あお、ほっとけーきつくりたい。

「クリームみたいに濃い牛乳と、こんもりぷりっとした卵、バニラの甘い匂いがするホットケーキミックスで、伯母さんと一緒に作ったんだ」

おばさんのホットケーキはまんまるで、綺麗《きれい》な茶色で、絵本の中のホットケーキそっくりで、ふかふかふんわりやさしくて、あたたかかった。

それにスプーンで削った、三日月みたいな黄色いバターを載せて、とろっとろのメープルシロップをたっぷりかけて、僕はお腹が弾《はじ》けてしまいそうなぐらい、欲張って三枚も食べたんだ。

でも僕が焼いたやつは、でこぼこで全部へんな形で、そして焼き色がまだらだった。

焼きすぎだったり、逆に焼き足りなかったり。

ぺちゃんこで、ぶつぶつ穴が空いていたりして、全然美味《おい》しそうに焼けなかったのに、伯父さんと伯母さんは、それを美味しそうに食べてくれて、上手だねって褒めてくれた。

その時僕は本当に嬉しくてたまらなかった。

欲しかったのは、自分自身の『美味しい』じゃなくて、伯父さんと伯母さんの『美味しいよ』だったんだ。

「……京都でも、自分のご飯は自分で作っていたんです。ほら、今はスマホで簡単なレシピをすぐ見つけられるし、冷凍庫とレンジも活用して、あれこれ無理したりしなければ、ちゃんと一人で自炊も出来たんです」

でも、食べるのは僕一人。

誰も美味しいなんて言ってくれなかったし、気がつけば喉《のど》を通らなくなっていった。

「そうか、なるほど。それは良い趣味だ」

「え？　そうですか？　ただの、料理ですよ？」

彼は、声のトーンをほんの少し高くして、いいね、と笑った。

そんなものでも、趣味なんて言えるんだろうか？

「僕も料理は好きだよ。料理は前頭葉の前頭前野を刺激するし、『食事』っていうのは、味覚だけでなく、聴覚や嗅覚《きゅうかく》、視覚、様々な感覚で人間を満たしてくれる。極めてクリエイティブな娯楽だ」

「お……大袈裟《おおげさ》じゃないですかね」

「だったら、試してみよう。姉さんが帰ってくる前に、二人で夕食の準備をしよう」

そう紫苑さんに誘われるまま、僕は彼と二人でキッチンに立った。

紫苑さんが料理が好きだというのは本当にそうで、確かに毎日の食事を作ってくれているのは彼だったし、ローリエやクミンシードといったスパイスや、調味料の充実っぷりは、間違いなく料理をする人だ。

キッチンに誰かと二人で並んで立つのは、伯母さんとホットケーキを焼いてから初めてだ。

小学生以来。

あの頃は踏み台が必要だった。

でも今は違う。二人で冷蔵庫の中の食材を確認し、買い出しに行かずにあるもので、最高に美味しい料理を作ろうという話になった。

メインは既に決まっていた。

紫苑さんは鶏のもも肉に、前日から重量の1％の塩をふって、キッチンペーパーに包んで仕込んでいたからだ。

そうすると、鶏肉からは余分な水分と臭みが抜けて、何もしないよりも何倍も味が濃厚で、弾力のある、美味しいチキンステーキが焼けるのだ。

メインはチキン、味の方向性はシンプルな塩味。

コンロは三口。

夕食直前にチキンをカリカリに焼き上げるとして、火はそれで一台。汁物にもう一口。

残りはあとひとつだけれど、三つ一度に使うのは狭い。

なので紫苑さんは、今の内に茄子《なす》の揚げ浸しを作ることにしたそうだ。

たっぷりの生姜《しょうが》とニンニクとネギ、甘酸っぱくて少し辛い醬油《しょうゆ》ベースのつけダレに、素揚げにしたナスを放り込んでいく。

温かくても美味しいけれど、冷たくしたのをさっぱりちゅるんと食べるのは、もう最高に美味しいし、薬味はシャクシャクとした歯ごたえで絶妙なアクセントになる。

汁物は味噌汁《みそしる》にした。残っていたミョウガとオクラの味噌汁だ。

これで塩、醬油、味噌と味が出そろってしまった。さあ、後はどうする?

「全体的に茶色いし……葉野菜の緑ですよね、ここは」

悩んだ末、僕が作ったのは、青梗菜《チンゲンサイ》ともやしのクミン炒《いた》めだ。

フライパンにオリーブオイル、クミンシードとニンニクと鷹《たか》の爪を熱し、香りが出てきたところで青梗菜の茎の部分、そして青い部分ともやしを入れて、塩と黒胡椒《くろこしょう》で味を調えた。

気持ち多めの油で炒めた青梗菜は、てりってりに鮮やかな緑色に光っている。

ペペロンチーノの、ちょっとスパイシーな野菜版、といった感じだろうか?

ニンニクいっぱいで、明日《あした》に響くのは心配だけれど、聞いている限り、明日は会社で事務作業だけだったはず。

「えええ？　これ、青音が作ったの？」

そうして、帰宅した望春さんに夕食を振る舞うと、彼女は僕の作ったお味噌汁と野菜炒めを大絶賛してくれた。

「私、エスニック大好きなんだよ～、辛さも丁度いいね」

そうなのだ。作っている時はイタリアン寄りだと思っていたけれど、実際に食べてみると、ニンニクとクミン、唐辛子の風味でなんだかエスニックな感じがある。

「薄く焼いた米粉の皮で包むと、バインセオ風で美味しいかもね」

と、紫苑さんも言った。

「ベトナム風お好み焼きね？　あれ美味しいんだよね」

「へえ……僕、食べた事ないです」

子供の頃、家族旅行でシンガポールとタイには行った事があるけれど。

「ほんと？　バインセオは最高だよ～。ココナッツと、あとバジルの風味が最高で……今度美味しいお店連れてってあげる」

にこにこと、本当に美味しそうに笑いながら、話をしてくれる望春さんに、じわっと涙がこみ上げてきた。

「え、嫌だった？　ベトナム料理」

泣く程に⁉ と、驚かれてしまったけれど、そういう事じゃなかった。

「いえ……そうじゃなくて、なんか……」

「……青音、おかわりは？」

「え？ い、戴《いただ》きます」

そんな僕を見て、紫苑さんはしたり顔で笑った。

「……そっか、今日一日、本当によく頑張ったものね」

望春さんもそう言うと、「私の分のチキンも食べる？」とお皿を僕の方に押し出してくれた。

そういう事じゃないけれど――いや、そういう事かもしれない。

自分でもどうしてかわからない程に、僕は初仕事で昂《たか》ぶっているんだろう。

「そうだ！ それにね、青音。貴方《あなた》、明日は仕事お休みになったから」

「え？ 何でですか？」

そんな、僕の仕事ぶりが良くなかったから？ それともたった一日でへこたれそうになってるから？

そんな大きな失敗はしていなかった筈《はず》なのに。

思わず不安に顔が引きつる。

「あ、悪い意味じゃなくて……佐怒賀さんからの伝言。あのね、実は加地さん、ちゃんと遺言書を作成してたの。だから、ご親戚《しんせき》で集まって開封した方が良いって」

「伯父《おじ》さんが？」

「ええ……コレクションや土地を売りにだすと、多分全部で五千万円くらいにはなるんじゃないかって」

「……そんなに？」

思わず再び手にした箸《はし》が止まった。

想像していたよりも、ずっと額が大きい。

「だから青音のお母さんに連絡を取って、親族で集まることを提案したら、急遽《きゅうきょ》明日には集まれるって話になったみたいなの」

「そんな、急に？」

「ええ」

「……お金の事になったら、すぐに集まろうだなんて」

僕の心に、チクチクとした苛立《いらだ》ちが走った。

「でも、きっかけが必要だったのかもよ？」

「きっかけ？」

「ええ。色々確執があったなら、何かきっかけがないと、なかなか手を合わせに来られないのかも」

まして弟妹みんなが怒っているのだとしたら、なかなか自分だけというような抜け駆けはしにくかっただろうと、望春さんは言った。

「手を合わせたい気持ちと、まだ怒っているという気持ち、何もしてあげなかった罪悪感――そういうもので揺れて悩んでいる時にこの話が来て、だったら！　って思ったのかもしれないわ」

「とはいえ……それでも現金だなあって思います」

「まあモヤモヤする気持ちはわかるけどね」

だけど望春さんの言う事も、なんとなくわかった。

母さんだって、僕を連れて来るという大義名分があったから、最初は戸惑い、帰りたいなんて言いながらも旭川に来て、そして結局伯父さんの為に泣いていたんだから。

でもわかった所で、納得できたりするのはまた別の事だ。

せっかく料理をして楽しかった気がしていたのに、僕の心はまた、どろどろ沈んでしまった。

肆

それでも疲れて一晩ぐっすり眠ったお陰か、朝には随分気持ちも落ち着いていた。

確かにお金の事となるとこぞって集まる母さんの兄姉達に、抵抗感は否めない。

だけど旭川の伯父さんが拒んだ、『お祖父《じい》ちゃんの介護』に向き合ったのは、他でもなく母さんと他の兄姉達で。

例えば声が大きく大柄で、僕が一番苦手な北広島《きたひろしま》の伯父さんだって、お祖父ちゃんに手を上げられながらも、ギリギリまで世話をした人だった。

僕が旭川の伯父さんと疎遠になっていなければ、今は違った未来かもしれないとは思うけれど、同時にそうだとして、本当に僕に何かが出来ただろうか？　とも思う。

僕は幼く、そもそも誰かに何かを意見できる人間じゃない。

でもそう思う事で、僕は自分に責任がない事にしたいだけなのかもしれない。

結局僕に、母さんの兄姉達に腹を立てる権利はないんじゃないだろうか。


そんな気持ちで揺れているうちに、約束の時間が来た。

ホテルの日本料理店の個室で、昼食会も兼ねての席だ。

憂鬱《ゆううつ》ではあったけれど、佐怒賀さんも一緒に来てくれたので、少しだけ心強い。

先にテーブルに着いていると、よりによって初めに来たのは、北広島の伯父さんだった。

北広島の伯父さんは、兄弟の中では二番目に年上の次男坊で、実質長男のように振る舞っている——つまりなんだか偉そうなのだ。

「おう、元気にしてるのか」

僕の顔を見るなり、北広島の伯父さんが言った。

「え……あ、はい……」

「随分大きくなって――京都の大学に行ってるんでしたっけ？」

そう更に聞いてきたのは、北広島の伯父さんの奥さん、つまりは伯母《おば》さんだ。

やっぱりだ、言われると思った。

「今はその……ちょっと休学して、社会勉強をさせて貰《もら》ってます」

「へえ、そうなの？」

伯母さんが怪訝《けげん》そうな顔をする。僕は思わず身構えた。

一応聞かれても大丈夫なように、用意していた言葉が上擦って、変な声になった。

「休学か」

「はい……」

「まあ、お前は昔から勉強ばっかりだったからな。少しはまわりを見てみる方がいい」

「え？」

「受かってるのは確かなんだ。大学は逃げない」

「あ、はい……」

てっきり、休学を叱られたり、詰《なじ》られたりするんじゃないかと怯《おび》えていた僕は、意外に好意的な北広島の伯父さんの言葉に、ちょっと拍子抜けした。

とはいえ、伯母さんは何かいいたそうな顔だったので、早々に側を離れる。

丁度母さんと、江別《えべつ》の伯母さんが一緒に来てくれたからだ。

「青音、貴方、見る度にお母さんに似てくるわ」

江別の伯母さんが破顔して言った。

「どうも……」

どうやら母さんが道中ある程度説明してくれていたんだろう。僕の状況だとか、そういう事について、江別の伯母さんに聞かれることはなかった。

母さんは僕の体調を心配してくれていたようだけれど、それでも随分顔色も良くなった僕を見て、それ以上何か言ってくることはなかった。

それから五分ほどしてやってきたのはニセコの伯父さんで、僕というより、彼は既に集まっていた兄弟達と話に花を咲かせていた。

そうして最後にやってきたのは、枝幸《えさし》の伯父さんで、北海道中から集まった兄弟達は、共通するのは父親だけとはいえ、顔の形、基本的な造作のようなものが、なんとなく似通っていた。

「本日はお集まりくださってありがとうございます」

そのまま近況報告会になりそうな兄弟達に先手を打つように、佐怒賀さんが間に入った。

「故・加地益司《ますし》様は、生前に公正証書遺言を作成されていらっしゃいました。こちらは開封の際に家庭裁判所での検認を要しない、公的な文書になります」

遺言書には、いくつかの形があるらしい。

本来はちゃんと裁判所で認めて貰った上で開封するものらしいけれど、事前に行政書士さんと一緒に、公証役場で作ってもらった、この公正証書遺言は、これだけで遺言書としての正式な効力を持つらしい。

そして伯父《おじ》さんは、その遺言書の執行者として、佐怒賀さんを指定していた。

遺言執行者は相続登記にはじまって、様々な相続に関わる手続きを、相続人の為に代理で行う人らしい。

彼女はまず、事前に作成してくれていた財産目録を僕らに渡した。

「……え？」

と、声を出したのは誰だろう？

みんなきっと、その額に驚いたに違いない。

伯父さんはコレクションだけでなく、預貯金や土地など、全て合わせると五千万を超える財産を有していたのだった。

「一人でこんなにため込んでたのか」

ニセコの伯父さんが小さく毒づいた。

「それで？　分配は？」

そう冷静に聞いたのは北広島の伯父さんだった。

「まさか青君だけに……って事じゃないでしょうね」

北広島の伯母さんが、批難するような声をあげる。

「そうですね……条件は一つです」

「一つ？　どういう事だ？」

佐怒賀さんに、ニセコの伯父さんが噛《か》みつくように言った。

「遺産の相続を希望する者は、下記の質問に正確に答えられたし。

『私の好物は何か』

正しく当てられた者に遺産をすべて譲る。期限は遺言書の開示から三十日。解答のチャンスは各自一度きり」


「…………」

「……え？」

たっぷり三十秒は、全員言葉を失っていたと思う。

僕もだ。

みんな伯父さんの事だから、そりゃ何かあるだろうとは思っていたけれど……。

「いい加減にしてくれ！」

最初に声を荒らげるように上げたのは、今までじっと我慢するように黙っていた、枝幸の伯父さんだった。

「もう道楽は大概にしてくれ！　付き合わされる側の身にもなってくれ！」

「確かに……好物だなんて……」

江別の伯母さんも、眉間《みけん》に深い皺《しわ》を寄せて、呻《うめ》くように言った。

「何を食べさせても、蘊蓄《うんちく》やら何やらで、美味《うま》そうな顔ひとつしなかった人だ。私はその答えはわからない――青音はどうなんだ？」

「そうよ、もし誰もわからなかったならどうなるの？」

「え？」

北広島の伯父さん夫婦が言った。みんなが僕を見た。

僕はその視線から逃げるように佐怒賀さんを見る。

「……その時は遺言書に基づいて、然《しか》るべき所に寄付されます」

佐怒賀さんの言葉に、北広島の伯父さんが深く唸《うな》った。

「青音、貴方《あなた》はわかるの？」

母さんが僕に問うた。

「え……？　いや……だって僕が伯父さんの所に遊びに行っていたのは小一の頃だよ？　よく覚えてないし、覚えてたとしても、もう変わってるかもしれないし……」

「…………」

またみんなじっと黙ってしまった。

「それって、どうにもならないの？　みんなで平等に分配するとか」

北広島の伯母さんが、我慢出来ないというように言った。

「今回は奥様も既に亡くなられ、お子様もいらっしゃらないので、相続人はご弟妹のみになりますが……残念ですがご弟妹には遺留分——つまり法定相続人に保証されている最低限遺産の請求は叶《かな》いません。今回のように遺言書がある場合、それに逆らってご弟妹が相続する訳にはいかないんです」

　佐怒賀さんが申し訳ないというように、眉《まゆ》を寄せて答えた。

「でも、だってあんまりじゃない？　どうして？　なかったことにはできないの⁉」

「申し訳ありません」

　段々北広島の伯母さんの声に、怒りの色が深くなる。

「別にお金でどうこうって話じゃないけれど、お義父《とう》さんの事で、私達がどれだけ苦労したと思っているの⁉　少しは何かあったっていいじゃない！　なのにこんな！　こんなことで⁉」

　確かに、お祖父《じい》ちゃんの事では、北広島の伯母さんが一番苦労したのかもしれない。お金の事なら集まるんだ？　と、夕べは気分が悪かったけれど。

　でもなんとなくわかる、労《ねぎら》いというか、感謝というか、少しはそういう何らかのリアクションが、伯母さんは欲しいのだろう。

「倫子《ともこ》、少し黙っていなさい」

　けれど北広島の伯父さんは伯母さんを一喝し、「どうにもならない事を言っても仕方がない」と、諦《あきら》めのように言った。

「期限まではまだ日数がある。その件については各自持ち帰って検討すればいい」

北広島の伯父さんがそう言ったので、伯母さんも、そして他の弟妹達も、何か言いたそうな顔で言葉を呑《の》み込んでいた。

結局その日は、親族だけ残っての昼食会を開いて、終わりになった。

松花堂弁当を食べながら、伯父さんの好きだった食べ物は何だったのかという話になった。

けれどみんな伯父さんは、何を食べても喜ばなかったとか、難癖を付けてばっかりだったとか、そんな事を言っていた。

でも僕が覚えている伯父さんは、逆にいつも何でも美味《おい》しいって笑っていて、難癖なんて付けている記憶はない。

だからこそ、逆に伯父さんが特別好きだった一品が思い浮かばないのだ。

そもそも正直五千万円というお金は、突然降って湧いたようなもので、現実感がない。

とはいえそんな大金を受け取れるかどうかの瀬戸際で、伯父さんの弟妹達はザワザワピリピリしていた。

お金が絡むのだから仕方ないとはわかっていても、それがあんまり辛すぎて、僕はやっぱり、今日来なければ良かったと後悔した。

伍

伯父さんの遺産問題は気になるものの、僕には僕の仕事がある。

遺言書問題はとりあえず保留にして、僕は翌日、望春さんと塩尻さんのお宅に伺い、遺品整理に取りかかった。

今日は札幌に住んでいる娘さんが来て、遺《のこ》された荷物の処分をするらしい。

伯父さんと違って持ち家ではなく、賃貸物件だ。

数日後には室内の荷物を全て処分して、中をからっぽにしなければならない。

約束の時間から、三十分ほど遅れてやってきた女性はまだ三十代半ばで、名前を児玉《こだま》さんといった。

お父さんの遺品を片付けに来た——という、悲しい状況にあっても、その人は泣いていなかった。

両親は幼い頃に離婚しているし、児玉さん自身ももう結婚されているので、『塩尻』という名字には、愛着どころか嫌な思い出しかないと、彼女は言った。

両親の離婚の原因が、塩尻さんの女性問題であった事もあって、既婚者である児玉さんには、父親は嫌悪の対象なのだろう。

『他の人間がいないのはわかっているけれど、だからといってどうして私がこんな事をしなければならないの？』

という怒りを、一ミリも隠そうとしない児玉さんと一緒に、部屋を片付けていくのは随分と気が滅入《めい》る作業だった。

でも――とはいえ、今こうやって、遺族の方を見守る立場になって思うのは、それ以上にしくしくと悲しまれてしまう方が辛《つら》いって事だ。

きっと望春さんと愛さんは、すぐに泣く僕との作業が、さぞかし憂鬱《ゆううつ》だったろうなと思う。

掃除だって、僕は何度も手を止めてしまった。

僕とは正反対に、児玉さんはさくさくと手早く、お父さんの荷物を処理していった。

そうだ、まさに『処理』だ。その多くはゴミ袋に直行だった。

隣で見ていて、心配になるほどの思いきりの良さだ。

現に何度も、「こちら処分して大丈夫ですか？」と望春さんは確認を取っていた。

写真の入ったアルバムや、外付けのＨＤ、そういったものの中身を全く確認しないのだ。

父親と自分が繋《つな》がっているであろうものは、全て消し去ってしまいたい――そういう空気に、逆に僕が悲しくなってくる。

とはいえ、児玉さんの父親に対する嫌悪感の深さは、理解できなくもない。

事前に女性の匂いがする物は、全て処分しておいて良かったと、改めて思う。

もしこの場でそういう物が見つかったら、児玉さんはきっと怒り狂うだろう。

そういった強い感情に触れ続けるのは、心が疲れてくる。

僕はキッチンの引き出しから、物を全て出してテーブルの上に並べていく作業をしながら、紫苑さんと料理をした事に思いを馳《は》せていた。

紫苑さんが言うとおり、料理は楽しかった。

帰ったらまた作らせてもらおう。今度はもうちょっと手の込んだ物を――。

「あ」

片付け先を食器棚へと移した僕は、並んでいる埃《ほこり》だらけの湯飲みの奥に、小さなお茶《ちゃ》碗《わん》を見つけた。

真新しさすら残る、小さな子供茶碗。

僕が昔伯父《おじ》さんの家で使っていたのに似ている。

僕が使っていたのは、ロケットの絵が描かれていたけれど、こっちは羊だ。

確か『ふかふかメェメェ』とかいう、人気のキャラクターだったと思う。

食器は全て処分していいと聞いていたけれど――どうしたら？　と望春さんに指示を仰いだ。

「こちらは、もしかしてご家族の思い出の品ではありませんか？」

「………」

そう言って望春さんがお茶碗を差し出すと、児玉さんはそれを睨《にら》むようにして見下ろすだけで、けして手に取ってはくれなかった。

「まだお小さかった頃に、使われていらっしゃったのでは――」

「違います！」

言いかけた望春さんの言葉を、児玉さんはかなり強めに遮った。

「私、そんな茶碗使ってません！　子供用だって言うなら、私以外の『子供』の物なんじゃないんですか!?」

元々息苦しいほど張り詰めていた空気が、無情に破裂したような、そんな気がした。

「私、小さな頃、お米が苦手だったんです。だから母は私が少しでも食べられるようにと、毎日ちいさなおにぎりにしてくれていました」

白いご飯が中でも特に苦手だった。お米のにおいが好きではなかったのだ。

だからふりかけなんかをご飯に混ぜたり、あの手この手を尽くして、お母さんは児玉さんにご飯を食べさせてきた。

お茶碗に白いご飯をよそって――という食事は、少なくともあの小さな子供用茶碗を使う年頃の児玉さんには、必要ないものだったのだ。

「もしそんな事もわからずに、父が私の茶碗を持っていたのだとしたら、逆に腹が立ちます！」

自分が母親になってみて、一人で苦労して育ててくれた母を想うと、余計に父親の背信が許せないと、児玉さんは怒りに肩を震わせ、お茶碗を睨《にら》んだ。

一昨日《おととい》、望春さんが事前に近隣に挨拶《あいさつ》していた時、詰《なじ》られていたことを思い出す。

故人へのやり場のない怒りの牙《きば》は、こうやって時に僕らに、いや遺品に、向けられるんだ。

遺品にはその人の人生が宿る。

こんな小さなお茶碗ひとつにだって。

「児玉さん！」

その時、突然児玉さんが、ふらっと床に倒れ込みそうになった。

すんでの所で望春さんが手を伸ばして支えたので、慌てて僕もそれに倣う。

「興奮されたせいでしょうか、大丈夫ですか？　危ないから一度座りましょう」

そう言って望春さんは、児玉さんを床に座らせた。

児玉さんはそのままぐったりと力なく、壁により掛かった。その頰に涙が一筋伝う。

「……ごめんなさい、実は今、妊娠中なんです」

「それなら余計に無理なさらないで。ご移動の疲れもあるでしょうし、カメラを設置して、私どもの作業をご宿泊先のホテルで動画で確認して戴《いただ》くという形にも出来ますが……」

「いいえ」

定点カメラを設置し、リアルタイムで映像を繋いで、それで作業を随時確認して貰《もら》う……という形で、遠方の遺族の方と遺品整理を行う事もあるという。

けれどその方法を、児玉さんは首を微《かす》かに振って拒否した。

「この機会にきっちりと、恥ずかしい父親のことは、自分で清算したいんです」

児玉さんは少し擦《かす》れた声で、それでもはっきりとそう言った。

でもその顔は僕が見ても青く、体調がいいとは思えない。

「わかりました。でも作業はまた明日《あした》にした方が宜《よろ》しいかと思います。移動の疲れもおありでしょうし、元々二日間の予定で伺っています」

今日ここで無理をするより、明日万全の体調で作業する方がいい。そう望春さんが言うと、児玉さんは一瞬また首を横に振りかけ――けれどここで無理をする事は無いと、自分でも気がついたんだろう。

「わかりました……また、明日でお願いします……」

彼女はとても悔しそうに、羊のお茶碗を睨んで、そしてまた頰を伝った涙を手で拭《ぬぐ》った。

陸

そうして夕方を前に児玉さんとの作業を終えると、僕もまだ慣れない仕事である事を考慮され、また先にマンションに帰された。

初日のように、自分の中の生命力や倫理みたいなものに、べったりと覆い被《かぶ》さってくるような辛さはないけれど、今日は単純に、心身に疲労感を覚えている。

帰宅した僕をうきうきと出迎えて、診察用のリクライニングソファに座らせる紫苑さんにもだ。

そんな事より、少し眠りたいと思った。

とはいえ、僕がここにいられるのは、この奇妙な『診察』を受ける為なのだ。僕が今庇《ひ》護《ご》を受けているのは、NOと言える相手ではない。

きっと悪魔に魂を売るって言うのはこういう事だ。

「へえ……キャラクターものの子供茶碗ね」

「他にも子供用の食器があるとかっていうならわかるんですよ。僕だって一番下の弟とは十歳近く離れているし……なんていうか、子供用のお茶碗があるなら、子供用の箸《はし》やスプーンも一緒にないと変だと思うんですよ」

正直言って小さい子供がいるなら、食器よりもカトラリーの方が使用頻度が高いと思う。

「だからって訳じゃないんですけど、他の荷物とかの事も考えて、あの家で小さな子供が生活してたって事はない気がします」

おそらく児玉さんは、その可能性にも行き当たったのだと思う。

女性にだらしなく、自分と母を捨てた人が、母親以外の女性と家族を作っていた可能性だ。

でも望春さんの話だと、少なくとも戸籍上は、塩尻さんには児玉さん以外の子供はいないことになっている。

「そうやって考えていくと、あの子供茶碗って、なんであの家に、しかも大事に護《まも》るように取り残されていたのかなって」

遺品にはその人の人生が宿る。

僕が片付けた塩尻さんの荷物の中で、あのお茶碗はとにかく異質に、くっきりと浮き上がるのだ。

「興味本位っていうと良くない言葉に思いますけど……」

「いいや。なんにでも興味を持つのは大事な事だよ――じゃあ、少しゲームをしようか」

「ゲーム？」

「頭脳ゲームって所かな」

そう言うと、紫苑さんは診察で時々使っているのか、茎がねじねじした南国感のある観葉植物の後ろに置いていた、大きなホワイトボードを僕の前に置いた。

「ブレインストーミングだよ。おいで」

紫苑さんは僕を手招きし、近づいた所で青いボールペンを僕に放った。

「脳の、嵐、ですか？」

「いや。ブレイン（頭脳）で問題をストーム（強襲）するって意味だ。本来はミーティング等、複数人でアイデアを出す時なんかに使われるんだけれどね、僕はよく一人でやっている。一人なら、マインドマップでもいいけれど」

「頭脳の強襲……」

なんだか物騒な響きだ。

彼はホワイトボードに、黒いペンで『羊』『茶碗《ちゃわん》』と書くと、僕に付箋《ふせん》の束を差し出す。

「簡単な事だよ。羊、そして茶碗、という単語から思いつく言葉を、片っ端から付箋に書いて貼っていくだけ。結論を出したり否定をしないのがルールかな」

「思いつく言葉を？」

「うん。連想されるものなら何でもいい。簡単でしょう？」

そう言って紫苑さんは、付箋に『瞳孔《どうこう》がキモチワルイ』と書いて、羊の所に貼り付けた。

そんな主観的な事でもいいんだ……。

確かにそれは難しい事じゃない。

なので僕は思いつくまま、付箋に文字を書き込んだ。

・ふわふわ　・ジンギスカン　・角　・臆病《おくびょう》　・羊の毛刈り　・干支《えと》の未《ひつじ》　・牧羊

・モンゴル　・羊皮紙　・キリスト教の信徒　・狼少年　・ボー・ピープ　・クミ

ンとよく合う　・お花見　・善良　・やわらかい　・あたたかい　・大人しい……。

羊は、ジンギスカンがソウルフードの僕ら道民にとっては、比較的馴染《なじ》みの深い動物だ。

次々書いて貼って、ふと紫苑さんの視線に気がつく。

「…………」

悪魔、と書いて羊の所に貼り付けた。

「あれ。ヤギのほうでしたっけ」

「確かに悪魔は羊じゃなくてヤギの方かも」

確かに牧場で見る山羊《やぎ》はなかなか凶暴で、ぽーっとしている羊よりもずっと怖い気がする——けれど本当に悪魔がいるなら、それはきっと一見無害な姿をしているんじゃないだろうか？

だって見るからに怖かったら、そんなに人は騙《だま》されたり、ホイホイ従ったりしないだろう。

親切で優しく善良なフリをして、ある日突然牙を剝《む》くのだ——と考えて、不意に背筋が寒くなった。

今僕の隣にいるのは、羊の姿をした……。

「あ、後はお茶碗ですよね！」

そんな自分の中に湧き上がった恐怖を誤魔化すように、普段より大きな声で言った。

一転して、羊と違って、なかなか言葉が思い浮かばないのはお茶碗の方だ。

お茶碗
・ご飯が美味《おい》しい　・お茶というけれど、今はお茶ではなくご飯をよそう

そこまで書いて、お茶碗から思い当たる事が少ない事に気がついた。

他にも何か……あの子供茶碗に思いを馳《は》せながら、トントントン、と付箋の上でボールペンの先を弾ませ――そういえば伯父《おじ》さんの家の食器棚に、ちゃんと僕用の茶碗が残っていたことを思い出す。

――家族

でも、そこまで書いて、本当に思考が止まってしまった。

「う〜ん」

唸《うな》りながら数分考えたけれど、僕の貧相な脳味噌《のうみそ》では、結局これ以上の言葉が思い浮かばなかった。

「もう無理です……」

「そうか。じゃあ羊の方を掘り下げていこう」

と、紫苑さんは言って、僕の書いた付箋を一枚剝《は》がして、ホワイトボードの下部の広い空白に貼った。

「分類してみよう。羊に対するイメージは、大きく分けて『羊の生物としての印象』、『食物としての印象』、『家畜としての文化』にわけられると思う」

言われてみると確かにそうだ。改めて羊のイメージを分類していく。

剝がして、貼り直して——を繰り返しながら、その枠から微妙に外れる『干支の未』なんかを、更に横に貼った。

けれどそこから何か想像してみるように言われても、児玉さんの家の子供用お茶碗に対する明確な答えは出なかった。

ただ、改めてネットで調べて気がついた。

茶碗に描かれたキャラクターだ。オフィシャルサイトのＴＯＰページに、20周年の文字が燦然《さんぜん》と輝いている。

ということは、あのお茶碗は一番古くても、二十年前に発売された物だってことだ。

「娘の年齢は？」

「え？　ええと……三十代半ばくらいだと思いますけど……」

若く見積もって、彼女がちょっきり三十歳だとしても、彼女が十歳の時に購入されたものになる——が、小学四～五年生に、あのサイズのお茶碗を買うだろうか？

さすがにもう一段階大きなお茶碗を選ぶような気がする。

「……そうか。だとしたら、やっぱり彼女の物ではない可能性があるね」

と紫苑さんが観葉植物に水をやりながら答えた。

「つまり、『子供』が彼女一人とは限らないって事ですよね……」

でも戸籍上には載っていないって事は、もしかしたら何らかの苦労をしているかもしれないお子さんが、もう一人か、或《ある》いは数人いるかもしれないって事か……。

「………………」

そういう可能性の事は、児玉さんだってわかっているだろうし、必要があれば本人が調べる事なのかな、とも思う。

知らない方がいい場合だってあるし、でも伝えた方がいい事でもあるかもしれない。

こういう時、いったいどういう対応をすればいいんだろうか。

望春さんに早く相談したいと思った。

「でも『羊』である事には、必ず理由がある。それがたとえ偶然のチョイスだとしてもね」

「偶然でも？」

「本当は偶然なんてものはないんだ。なんにでも『因果関係』が存在する」

そこまで言うと、彼は急に何かに飽きたようにふん、と息を吐いた。

「世の中は、君が思うよりもシンプルだ。きっとすぐに答えがわかるよ」そう言って紫苑さんはホワイトボードを片付け始めた。

「え？　もう片付けちゃうんですか？」

僕は焦った。だってこれじゃあ結局、なんにもわからないからだ。

「一番大事なのは、物事をひとつの視点から見ない事だと思う。『羊』にだって、こんなにも色々な視点があるんだから」

確かに『お茶碗に描かれていた羊』、そのままでは漠然と、『描かれた動物のイラスト』でしかなかったそれが、もしかしたら様々な意味を持っているんじゃないかと、そう思えるようになった。

だからといって、はっきり何か答えが得られた訳ではないことに、僕はちょっとだけガッカリした。

「……紫苑さんは、普段からこんな風に物事を考えてるんですね」

「書き出す事はしないけれど、頭の中の数人の僕との対話は常にするよ」

「頭の中に、数人、紫苑さんがいるんですか？」

その質問に、紫苑さんは薄く微笑んで、僕を見た。

「でもね、感情に支配されると、人は一方向でしか物を見られなくなってしまう。君みたいな優しい人間は特にだ——だから、そういう時ほど、頭の中にホワイトボードを用意しておいた方がいい」

「…………」

彼は簡単に言うけれど、感情的になったとき、そんな冷静でいられるだろうか？　とはいえ、いくつもの方向から物を考えるという柔軟性は、確かに僕も常に持っていたいと思った。

「さあ、それより診察を再開しよう。君の今日の涙を集める準備は、もうとっくに出来ているから」

「ええ……でも、今日はそんなに泣く事は無いと思うんですけど……」

と、お断りを入れた自分はどこへいったのか。

診察用のリクライニングソファに身体を預けてから、ものの五分もしないうちに、僕の両目からは涙が溢《あふ》れていた。

紫苑さんの診察は、いつも感情の上をざらざらと撫《な》でていくような、そんな不快感や悲しさが心を舐《な》め尽くすのに、いざ診察が終わってみると、何故だか気分がすっきりしていることが多い。

精神的な奇妙な酩酊《めいてい》感というか、疲労感というか。

同時に、自分で何を話したかも忘れてしまっているくらいなのに、充実感すらある。

それは一生懸命頑張ってタイムを更新したプール授業の後の時間に似ている。

このまま横になっていると、本当に寝てしまいそうなので慌てて起きると、診察室に紫苑さんの姿はなかった。

どうやら本当に、少し眠っていたみたいだ。

慌ててソファから降りると、丁度部屋に戻ってきた紫苑さんが、「望春姉さんから電話が来てたよ」と言った。

「何かありましたか⁉」

「いや、ただ帰りが遅くなるから、夕食を先に食べていて欲しいって」

多分二十二時近いだろうと、望春さんは言っていたらしい。

「あー……でも僕、そんなにお腹空《す》いてないので、それまで待つんでもいいですよ？」

時計を見ると、気がつけばもう十九時近い。三時間くらい全然平気で待てそうだ。

「そうか、じゃあそうしよう」

「あ」

そこでふっと思った。

「じゃあ、ちょっと伯父《おじ》さんの家に行って来ていいですか？　取ってきたい荷物があるんです」

「いいけれど、僕は車で送ってあげられないんだ。一人で勝手に外出はしない約束だから」

「え？　あ、それは全然、大丈夫です」

そういえば、確かに紫苑さんが一人で外出するのを、僕は見たことがなかった。

でも約束――ってなんだろう。そもそも誰との約束なんだろう……。

その疑問を口にするべきか悩んで、結局本人に聞かなかったのは、余計な事を知るのは怖いという恐怖感と、防衛反応がじわっと働いたからだ。

お詫《わ》びにではないけれど、自転車を貸して貰《もら》えることになったので、僕はすみやかに伯父さんの家まで自転車を走らせた。

もうこんな時間なのに、旭川をぐるっと囲む山の稜線《りょうせん》に、まだ夕日の名残が残っている。


数日ぶりに帰ってきた伯父さんの家は、当然静かで、そしてひっそりとしていた。

カーテンが閉めっぱなしのリビングは、じわっと冷気を感じる。

ゴミが無くなってしまったことで、保温性もなくなってしまったのかもしれない。

いや、それでも綺麗《きれい》な方がずっといいけど。

「……あった」

探しに来た荷物は、僕の食器だった。

お茶碗《ちゃわん》と、湯飲み茶碗と、箸《はし》、スプーン・フォークセット一式。

幼稚園の時に揃えて貰ったので、もう全て僕には小さい。

全部に青い宇宙と黄色い星、ロケットの模様が入った、おそろいの食器達。

年長さんの頃、伯父さんが連れて行ってくれたサイパルで見た、宇宙旅行のプラネタリウムを、随分僕が気に入ったせいだ。

僕が喜ぶから。幼い僕のために選ばれたロケットと星達。

だったらあの羊は、羊の事が大好きな人の為に、選ばれたんじゃないかと思う。

児玉さんはどうなんだろう。

幼い頃、もし児玉さんの好きだった動物が羊だったら、何か二人で作った思い出が、羊に纏《まつ》わる物だったらどうだろう？

そうしたら、児玉さんは少しはお父さんの事を、許せるようになるだろうか。

「…………」

誰もいない広い家がひどく寂しい。

キッチンに立って、縁の赤いラインがはげて、すっかりさびの浮いた、クリーム色のホウロウ鍋《なべ》に、思いを馳《は》せた。

伯母《おば》さんの作ってくれたご飯はいつも美味《おい》しくて、僕は毎回おかわりをしては驚かれた。

両親はいつも、僕を小食だと言っていて、実際家ではおかわりなんてしなかったからだった。

母親の料理に問題があるわけではなかったけれど、伯父さんは次々といかにも美味しそうに料理を勧めてくれたし、普段とは違う食材や、旭川の空気、なによりも三人で食卓を囲む団らんの空気が嬉《うれ》しくて、「ごちそうさま」を言いたくなかったんだ。

一分でも長く、その大好きな時間を引き延ばしたかった。

でももう二人はいないし、僕にこの食器は小さすぎる。

だから少し悩んで、伯母さんのお茶碗と、伯父さんの箸を持って、紫苑さんたちのマンションに戻った。

ついでに、伯母さんの包丁も連れて来た。よく刃物には魂が宿ると言うので、伯母さんの包丁だったら、料理が上手《うま》くなれそうな気がしたからだ。


マンションに戻ると、丁度望春さんが仕事から帰ってきた所だった。

彼女が帰ってきてくれると、とにかくほっとする。

二人の部屋の隣の部屋に、紫苑さんは診療所を構えていて、彼はほとんどの時間をそっちの方で過ごしているけれど、それでも何かあったらどうしようと、不安な気持ちが芽生えてしまうのだ。

遅い時間に重い食事は摂《と》りたくなくて、結局細めの乾麺《かんめん》のうどんを茹《ゆ》でて、三人でサラダうどんにして食べた。

伯母さんの包丁はすっかりなまくらになっていて、トマトが綺麗《きれい》に切れないことを、僕は随分嘆いたけれど、翌朝キッチンを見ると、それは怖いくらい鋭利に研ぎ直されていて、僕は感謝より、いいようもない恐怖に心を囚《とら》われてしまった。

漆

亡くなった塩尻さんは、どんな気持ちであのお茶碗をしまっていたんだろう。

それとも自分で使っていたのだろうか？

あまり使われていないようにも見えたけれど、デザインを特に気にせずに適当に買ってしまったとか、何かで貰ったとか、そういう事もあるかもしれない。

――いや、いくらなんでもそれはないか。

とはいえ、悲しい事にばかり結びつけるのは嫌だ。

ベッドの中、故人に思いを馳せて寝るというのは、悪夢を見そうで怖い。

夜中にその人の幽霊が出てきそうな気がする。

スマホで動画サイトをかけ、見知らぬ誰かの笑い声を聞きながら眠りについた。

でなければ明日《あした》仕事に行くのが辛《つら》くなりそうだと思ったからだ。

次の日、動画サイトのお陰か、随分僕の憂鬱《ゆううつ》な気持ちは薄らいでいた。

そうして僕らはまた、塩尻さんの部屋に向かった。

といっても、今日は午後からだ。

望春さんの提案だった。

昨日待ち合わせに遅れた児玉さんだったけれど、望春さんは児玉さんが朝はまだ、つわりがつらいのでは？　という事を考慮したのだ。

児玉さんの回答はＹＥＳ。

英語でモーニングシックネス。つわりは朝に症状が強く出やすいらしい。

一晩ゆっくり休んで色々考えたのだろうか、児玉さんは昨日よりも顔色が良く、表情も明るい。

現に昨日は作業中、何を見せても「捨てます」としか言わなかった彼女が、今日は少し思案するような仕草を見せるようになってくれたのだ。

それについて、口には出さないけれど、望春さんはとってもほっとしているようだった。

望春さんが夕べ教えてくれた。遺品整理は、遺族にとっても大事な心の整理の場だという。

怒りで全て捨ててしまうのは容易《たやす》いし、それで全てが綺麗になるような気もするけれど、でも実際は、それで簡単に溶けるほど、怒りという感情は単純じゃない。

やがて行き場のない炎が再燃して、その人の人生でくすぶってしまうのだと。

故人を許せない、憎んでいる——というのは、悲しいけれど少ないことじゃない。

であればなおさらに、遺品整理という形で向き合う事を、蔑《ないがし》ろにすべきではないのだ。

故人への復讐《ふくしゅう》に、大事だった物を捨てて喜ぶ人もいる。でも——故人はそれを、喜ぶ事も、悲しむ事も、もうできない。

遺品に心を乱されるのは、あくまで遺《のこ》された人なのだ。

塩尻さんのキッチンは、とにかく不用品で溢《あふ》れていた。

『物が捨てられないタイプ』の人だと望春さんが最初に言っていたけれど、それは本当らしい。

何かの景品で当てたと思《おぼ》しき湯飲みセットが、箱ごとしまわれていたり、賞味期限が何年も前に過ぎた素麺《そうめん》の箱が積まれたりしている。

特に椎茸《しいたけ》や海苔《のり》が多い。

年齢を重ね、弔問機会も増えていったのだろうか？　手を付けていない香典返しが埃《ほこり》を被《かぶ》っていた。

そういうものを使い切れる食生活ではなく、使わないからと譲れる知人もいない生活をしていたことが、そこから窺えた。

もし彼に特定の女性がいたなら、こんな風に無駄にしてしまわなかったんじゃないだろうか？

物はその人の人生だと望春さんが言うけれど、こういう事なのか。

確かに遺されたこの不用品の中にすら、故人の生活が見える。

『一人で使い切れないのでは？』と思うほど買い込まれたこの日用品も、裏を返せば何かあった時に――つまり体調を崩した時なんかに、誰か他の人に代行購入を頼めないことへの怖れだったのかもしれない。

「あの、洗剤類なんですが、使用期限を迎えていない物もありますけど、どうしますか？　持って帰られますか？」

「洗剤……でも私、ＪＲで来ているので、持って帰るのは重いし、かといって送料をかけて送るのも……ですよね」

僕の質問に、望春さんと本棚を片付けていた児玉さんが、ちょっと困ったように首を傾げた。

確かに、重い洗剤を送るなら、送料を考えたら、地元で買った方が安いかもしれない。

「でしたら、近くの福祉施設に寄付する、というのはいかがでしょうか？　常時受け付けている所がありますので」

と、望春さんが提案すると、児玉さんがぱっと明るい表情で頷《うなず》いた。

「名案ですね！　じゃあ他にも寄付できそうな物ってあるでしょうか？　使って戴《いただ》けるなら、全て捨ててしまわなくてもいいですよね」

「そうですね、未使用のタオル等、喜ばれる物もあると思います」

そういう、『誰かのためになる』物が、まだまだこの家にあるという事が、児玉さんの表情を更に明るくしてくれた事に、僕の心も少し温かさが戻ってきた気がする。

少なくとも昨日、僕の心は凍えてしまいそうだった。

児玉さん自身もそうなんだろうか。彼女は少しずつ、雑談が増えてきた。

「昨日と違い、お顔色も良さそうで良かったです。申し訳ありません、昨日はご体調がすぐれない中で、ご無理をさせてしまって……」

そんな児玉さんを見て、望春さんもそう言った。

「いえ……昨日は体調だけじゃなくて……でも夕べ主人と電話で話したんです。確かに私の父に対して夫として憤りはあるけれど……でも私をこの世に送り出してくれた事には感謝してるって」

と、児玉さんが少し恥ずかしそうに切りだした。

「複雑な気持ちは消えないし、母の苦労を見てきた私は、父を許すことはまだまだ出来ないけれど……それでもたった一人の娘として、最後ぐらいはきちんとしてあげようと思います」

そう言うのを聞いて、やっぱり、子供が彼女一人とは限らないという言葉が、僕の脳裏を過《よぎ》る。

でも、確証はない。

疑わしきは罰せずではないけれど、もっと他に別の理由があるような、そんな気がするのだ。

児玉さんは、そうして話し出したのを皮切りに、お父さんのこと、そして彼のせいで苦労してしまった自分のこれまでの人生について、少しずつ話し出した。

父親は、彼女が赤ん坊の頃から、様々な女性と関係を持っていたそうだ。

彼女が小学生の頃には家に戻らなくなり、そうして家にまったくお金を入れなくなった。

幸い母親は看護師で、母子が生活していく事は出来た。

が、苦労が祟《たた》ってか、児玉さんが高校を卒業してすぐ、母は病気で亡くなってしまった。

父親は母の葬儀にすら、顔を見せなかった。

「もしかしたら……届いてないと思ったんですけど、ちゃんと受け取ってたんですね」

そう児玉さんが、憎しみとも悲しみともつかない表情で言ったのは、引き出しからハガキの束が見つかったからだ。

「……本当に、自分勝手な人ですよね」

ぽつりと児玉さんが呟《つぶや》いたその手には、古いハガキが二通あった。

貴重品と一緒にしまわれていたもので、一枚はいよいよ母親が余命幾ばくもない事を伝えていた。

「少しは罪悪感とか、なかったんでしょうかね。私達親子への」

ふっと、児玉さんが自嘲《じちょう》気味に笑う。

もう一通は年賀状で、可愛いデフォルメされたサルのイラストが描かれていた。

「年賀ハガキが一枚余ったんです。結婚妊娠を機に引っ越しもしたので、一応……と悩んだ末に送ったんですが。返事もありませんでした」

児玉さんが、そう寂しそうに言った。

その六年前の年賀状にも、返事は無かったそうだ。

それはとてもありふれたデザインの年賀状で、お子さんの写真なども印刷されていない。

空白の部分に、他人行儀に「昨年子供が生まれました」と書かれているだけだった。

余った一枚だというなら、もう少しファミリー感があるんじゃないかって思った。

だから本当は余ったのではなくて――きっと児玉さんは……。

「……あ」

でも、その年賀状を見て、僕はふと気がついた。

「干支《えと》だ……」

年賀状の干支は申《さる》だ。ちり、と僕のうなじが疼《うず》いた。

「干支の未《ひつじ》、未の年だ――ちょっと、もう一度見せて貰《もら》っていいですか!?」

はっとして、僕はもう一度、その年賀状をよく見せて貰った。

そこには児玉さんの名前と住所が書かれているだけで、生まれたお子さんの写真どころか、名前すら載っていない。

「……亡くなられたお父さんに送ったハガキはこれだけですか？」

そう問う僕に、児玉さんがきゅっと一瞬険しく眉《まゆ》を歪《ゆが》めた。

「ええ……これっきりです。だって返事も貰えませんでしたから」

幾度も期待して、失望を繰り返してきた。

だからこれっきりでもう、父とは完全に縁を切ったつもりだったと。

「それに……今更連絡してきた所で、口を利きたいとも思いませんでしたが」

児玉さんはそう言うと、唇を横に引いて、再び怒りを露《あら》わにする。

でもそれを聞いた瞬間、僕の目に涙が一筋流れた。

「……わからなかったんだ」

「え？」

「わからなかったんですよ、それしか！」

僕の頭の中に、あの、紫苑さんのホワイトボードがまざまざと浮かび上がった。

羊に纏《まつ》わる、沢山の言葉の羅列。

僕の思考と感情の上を通り過ぎていく、特別な意味を持たない言葉達。

その中に確かにあった――――干支の未。

「聞けなかったし、送れなかった。けれど捨てられなかったんですよ。だって捨てられるわけないじゃないですか！」

「父が、ですか？」

何を？　と、児玉さんが僕に問うた。

「羊です。干支しかわからなかったんですよ！　名前も、性別も……それを貴方《あなた》に直接聞いて、お祝いを贈ることも……お父さんは出来なかったんじゃないでしょうか？」

「……え？」

児玉さんが、瞬きをひとつしたので、僕は慌てて、昨日捨てられかけたお茶碗《ちゃわん》を持ってきた。

羊の子供茶碗。使用感のない綺麗《きれい》なお茶碗。

「昨日調べたら、このキャラクターが発表されたのは、二十年前でした。だからおそらく、これは児玉さんの為に購入された物ではないと思うんです」

「……それで？」

「実際に家族で使うためには、お茶碗だけでは足りないと思うんですよ。箸《はし》や、スプーン・フォークセット、味噌汁椀《みそしるわん》、そういったものだって必要だと思うんです。だから、このひとつきりのお茶碗は、塩尻さんの生活に寄り添ったものじゃなかったと思うんです」

「…………」

「貴方からの年賀状で孫の存在を知った時、塩尻さんは嬉《うれ》しかったんじゃないでしょうか？　何かお祝いがしたかった。でも——きっと今までの事があって、簡単には言い出すことが出来なかった」

それでも、きっと何かしたいと、いてもたってもいられなかったんじゃないだろうか？

もしくは和解の為のきっかけにしたいと思ったんじゃないだろうか？

だからきっと、ちょうどどこかで目についた、羊のお茶碗を手にした。

性別すらわからない初孫の、唯一塩尻さんが知っているプロフィールは、『干支が未』だけだから。

前年にわかっていたなら、干支に纏わるものも手に入りやすかっただろうけれど、もう既に次の年に移っている。

塩尻さんの目に入った『羊』が、この大衆的な愛らしい羊だったのは、想像にも容易《たやす》い。

でも――送ることはできなかったのだ。どうしても。

「バカみたい……だったら連絡してきたら良かったのに！……本当に意固地で、自分勝手なんだから！」

そこまで言って、児玉さんはきゅっと唇を嚙《か》んだ。

「――でも、それは私もなんですよね。わかってる。連絡をしてくれても、多分ものすごい喧嘩《けんか》になって、お互い嫌な気持ちにしかならなかったって」

そういう所は、親子だから……と、児玉さんはきつく唇を嚙んだ。悔しいほどに、父と自分は似ているのだと。

「例えば現金だけ送ってきたのなら、お金で済ませるのか、愛情はないのかなんて、きっとまた別に腹を立てていたし、食器だって難癖を付けて拒んだでしょう。連絡だって、まともにちゃんと受け取ったか自信がないんです」

……と、児玉さんは溜息《ためいき》と共に、擦《かす》れた声を絞り出した。

「もしかしたら、それもわかっていたのかもしれないですね。せっかく幸せな貴方と争いたくもなかった。だから結局送らなかった——このお茶碗には、そういう様々な『想い』が、込められていたのでは」

そうだ、そしてつまり、これは塩尻さんの『愛』だ。

自分勝手で不器用で、こんな形でしか我が子と孫に接点を作ることが出来なかった、孤独な男性の遺《のこ》した愛だった。

「だからって、和解の努力をしようとまでは考えてくれなかったんですよね。本当に……酷《ひど》い父親です」

そう呟くと、児玉さんの目からはらはらと涙が幾筋も流れ落ちた。

「……どうしますか、やっぱり、お捨てになりますか？」

そんな児玉さんに、望春さんが優しく問うた。

「そうですね……長女が使うには小さいし、もうお気に入りのお茶碗があるから」

児玉さんはそうそっけなく答えた。

僕はちょっとだけ、いや、すごくガッカリした――でも。

児玉さんは、自分のまだ膨らみのわからない、お腹をそっとなで下ろす。

「……だから、これはこの子用に残しておきます」

そうして、そのお茶碗は児玉さんの手で、『残す物』の箱に収められた。

もっと早く父と和解できたら良かったと、そう思うにはまだ気持ちが追いついていないだろう。

憎しみや怒りは、そう簡単に瓦解《がかい》はしないから。

だけど幼い我が子がこれを使う頃には、彼女の中の怒りも、今よりはもう少し形を変えているだろう。

「……私、もう父に忘れられていた訳じゃなかったんですね。とっくに捨てられたんだと思ってました」

ずっと洟《はな》を啜《すす》りながら、児玉さんが呟《つぶや》いた。

「こんなに沢山の物を捨てられない方が、何よりも大事な娘さんを、そう簡単に捨てられるはずないじゃないですか」

望春さんが言うと、児玉さんはふ、と笑った。

「そっか……それもそうですね。まったくしょうがない人だな」

児玉さんはそう言って涙を拭《ぬぐ》うと、泣き笑いのまま部屋を見回す。

「……来て良かった」

そう小さな小さな声で呟いたのを、僕はしっかり聞き逃さなかった。

終

仕事の後、僕はなんともいいようのない、達成感のようなものに包まれていた。

「それで！　あのホワイトボードに貼った文字のお陰で、干支《えと》のことを思い出したんですよ！　紫苑さんのお陰で！」

帰宅するなり、思わず興奮を隠せずにそう熱烈に感謝を伝えると、紫苑さんはちょっと不快そうに眉間《みけん》に皺《しわ》を寄せた。

あれ、となんだか拍子抜けしてしまった。

少し浮ついたくらいの僕に、彼は全身で「ツマンネ」という態度を隠そうとしない。

「……もしかして、わかってたんですか？　あれが干支だって」

「うーん、まぁ、なんとなく？」

「え？」

「だって年配の男性に子供の品って、正直子供か孫くらいしか思いつかなかったし」

コリコリと、ボールペンの背中で、彼は自分のこめかみをかいた。

「だ……だったら、もっと早く言ってくれても良かったじゃないですか！」

「でもそんなことしたら、君は感動して泣いてくれないでしょう？　あー、でも、結局今回は泣いてくれないんだな。無駄骨にも程があるよ」

　さもガッカリした声で、紫苑さんが呟く。

　結局彼にとって、僕はあくまで涙の供給者でしかない。僕は実験動物か何か。

　本当にここにいていいのだろうかと、改めて恐怖がふつふつとわき上がってきた。

　そもそも、本当に彼を信じていていいのだろうか……。

「さ、もう羊の事はいいからさ、それより診察をしよう」

　さも面倒くさそうな、煩わしそうな表情と仕草で、彼は僕を診察用のリクライニングソファに座るよう促す。

　結局診察自体も、一応話は聞くけれど……という体で始まり、そして終わった。

　正味五分も話していないだろう。

　一滴の涙も流さない僕に、紫苑さんはびっくりするくらい塩対応だった。


　診察の後、ベッドに横になって、スマホを覗《のぞ》いた。

　調べたいことがあったからだ。

　十二年前――僕が紫苑さんに出会ったのは、あれは夏休みの頃だ。

　だから七月の後半から八月半ば。

　それに『殺人事件　子供　旭川』と付け加え、検索してみた。

「…………」

　でも見つかるのは、最近の事件、警察の事件・事故情報や不審者情報。心霊スポットなんかの情報まで出てきたけれど、あの日の事とは全然関わりがなさそうだ。

『旭川　子供　行方不明』

　と検索ワードを変えても同じだった。

　大人ならまだしも、子供だけがいなくなるようなことがあったら、もっと大きな事件になるはずだ。

「じゃあ……あれは、人形か何かだった……？」

　思わず独りごつ。

「それとも、子供だけじゃなく家族みんな……ひっ」

　その時、トントン、とドアがノックされた。

「青音、ただいま。ご飯にしましょう？」

　一瞬ベッドから飛び上がったけれど、どうやら望春さんらしい。

　ほっとして、部屋から出た。

　もっと詳しく、例えば当時の新聞とか、そういうものを調べなきゃ。

　それにもう少し、紫苑さんの事も知らなくちゃならない。

　まだ答えをだすには情報が少ないのだ。

　これではまだ、僕の中のホワイトボードは埋められない。

「……どうかした？」

思わずじっと見つめていた僕の視線に気がついて、紫苑さんが微笑んだ——羊の姿をしたオオカミが。

第参話　涙雨

壱

六月上旬を季語では『入梅』というけれど、うららかと呼ぶにはぐずついた五月に別れを告げる頃には、一気に命が芽吹き、旭川の街に色が帰ってくる。

　空の青、山頂に筋のように残った雪と雲の白、木々の緑、そしてどこまでもまっすぐ続く道——北海道にはありふれた景色を、改めて愛《いと》おしく感じる季節が来た。

　最低気温はまだぐっと低いので、一日の寒暖差が激しい時期でもあるけれど、朝、暑くなる日を予感させる太陽の下、まだひんやりとした空気が頬を撫《な》でるのが好きだ。街をぐるっと囲む山々の、あの優しく霞《かす》んだ影も好きだ。

　札幌と京都では、地面と人の顔色ばかり見ていた。

　あの頃と何が違うのか、自分でもはっきりはわからないけれど、僕は多分、ずっとこの街が好きなのだ。

　この街の色彩が、大好きなのだ。

　もう伯父《おじ》さんも伯母《おば》さんもいない街で、僕はそれでもなんとか慣れないながらも、望春さんの許《もと》で、遺品整理の仕事に奮闘していた。

　元々掃除は苦手じゃない。単調作業も意外と苦にはならない方だ。

　主戦力にはほど遠いだろうけれど、かといって望春さんの完全な足手まといにはなっていないだろう。

僕はそれなりに、そうだ、今までの僕よりもずっとうまくやれているはずなのに、親はそれでも心配らしい。

僕はスマホを握ったまま、ひっそりと溜息《ためいき》をついた。

「だから、そんなわざわざ祝ってもらわなくていいよ、母さん」

『そうだけど……今月は色々大変だったでしょう？　じゃあ母さんが行こうか？』

「いいよ、いくら案外近いからって、何回も通うのは大変だよ」

『ほらずっと昔、層雲峡《そううんきょう》に行ったでしょう？　雅臣《まさおみ》の受験勉強の息抜きにも丁度いいし――』

「それならもっと近場にしてやりなよ。定山渓《じょうざんけい》とか、移動で疲れない場所に」

『でも……』

来月の僕の誕生日を一緒に祝いたいという、母さんからの電話に辟易《へきえき》する。

伯父さんの遺言の問題もある。話をしたいのだろうかとも思うけれど……とはいっても、今はまだ札幌に、家に帰る気にはなれなかった。

両親は僕に優しい。僕が生まれた時から。

大事にしてもらっていないなんて思っていない。

だけど一度家を出たせいだろうか、それとも元々なんだろうか。僕は家の中に居場所を見つけられないでいる。

朝イチの電話で少し気分がくさくさしたものの、朝の澄んだ空気に心が慰められた。

ミュゲ社までは望春さんの車では五分、歩いても十分ちょっとだけど、そろそろ自力の移動手段を増やしたいところだ。

とはいえ毎日の会社と自宅間の往復だけだろうし、自転車で充分な気はする。

冬場は困るけれど。

でも冬場も大丈夫な移動手段となると、車の免許を取るしかなくなるので、急に色々ハードルが上がってしまう。

じゃあ免許も取ろう！　と思えるほどのエネルギーは、今の僕にはなかった。

それでも、仕事に慣れたら、何かもう少し……そう、趣味みたいなものを探してみたいなって思ってはいる。

ただ仕事して、泣いて、食べて寝るだけの生活は、勿論《もちろん》それだけで毎日精一杯とはいえ、夜に一人でSNSなんかを覗《のぞ》いていると、急に何かが足りていないような、不思議な焦りを感じてしまうのだ。

「へー？　免許？」

「あ、はい。取っておいた方がいいかなって。できれば休学中に」

「ならまずバイク取ろうよ、バイク。ツーリングいこ」

出勤して、斜め向かいの席の愛さんに、そんな話を何気なくすると、彼女が破顔して言った。

「それなら先に車よねぇ？　大型自動車免許も面白いわよ。私も持ってるけど、トラック運転できちゃう」

と、間に入ってきたのは佐怒賀さんだ。

「佐怒賀さん、トラック運転できるんですか？」

「うん。あと船舶免許もある。船は今ないけど」

「へえー……」

「あ、免許じゃないけど、勇気は馬に乗れるよ」

愛さんが弟さんを指差すと、勇気さんがうん、と頷《うなず》いた。

いや、船やら馬やら、もう通勤と全然関係ないじゃないですか……。

「盛り上がってるところ悪いけれど、仕事よ、雨宮。着替えてらっしゃい」

そんな僕に、今日の準備を整えていた望春さんがスーツを手に戻ってきた。

「今日は作業つなぎじゃなくてスーツなんですね」

しかも既に着替え終えた彼女は、いつもの黒ではなくて、グレーのパンツスーツ姿だ。

僕の仕事用のスーツは、退職者の置いていったお下がりで、この前望春さんが裾《すそ》上げをしてくれたものだ。

「うん、移動しながら説明するけれど、今日は所謂《いわゆる》『ゴミ屋敷』ではないの。あくまで遺品整理よ」

「なるほど」

ちょっとほっとした。

やっぱりすごく汚れた部屋や、人が亡くなったばかりの部屋は辛《つら》いから。


今日伺うお宅の依頼は、引っ越しに伴う遺品整理だった。

「依頼者の女性は、お引っ越しを控えているの。一軒家から、ワンルームのお部屋に移るんですって」

「それは……随分コンパクトになるんですね」

「そうね、でも、私達が依頼されているのは、あくまで『遺品整理』だからね」

引っ越しの為の荷物の整理という事ではないらしい。荷物を何分の一まで減らすとかって事じゃなくて、ちょっと安心した。

「でも……一軒家からワンルームって、随分な断捨離ですね」

「…………」

何気ない僕の一言に、望春さんがちょっと眉間《みけん》に皺《しわ》を寄せた。

「え？」

「……まあ、ようするに、『お独り』になるって事でしょうね」

『お独り』――ああ、なるほど」

　そうか……つまり離婚をされるっていうことか……。

　それなら無神経に、余計な事を言わないようにしなきゃ。

「私達が今日片付けるのは、三年前に亡くなられた、息子さんの物なの。家中にある思い出の品を、自分ではどうにも処分できないから協力して欲しいんですって」

「息子さんの……」

「ええ。全部はお引っ越し先に持って行けないだろうから……まぁ……タイミングだって、ご本人も思ったんでしょうしね。だから、今日は主に力仕事のサポートと、あとはどちらかというと、貴方《あなた》にもこういう仕事があるんだって、覚えて貰《もら》う為の作業になると思うわ」

　特に今回は、『若くして亡くなったお子さん』の遺品の整理になるから、普段以上に細やかな作業が必要になると、望春さんは言った。

　遺品整理って一口に言っても、本当に色んな仕事があるんだ。

弐

　そうこうしているうちに、車は南光《なんこう》地区の、綺麗《きれい》な新興住宅街にたどり着いた。

　どのお宅も新しめで、オシャレな家が建ち並んでいる。

僕らが伺った大友《おおとも》さんのお宅もその中の一軒で、クリーム色の外壁に、濃淡のあるえんじ色の瓦《かわら》風の三角屋根、オレンジ色の煉瓦《れんが》がアクセントになった、南欧風の立派なお宅だった。

まるで揃えたように、オレンジ色の愛らしい車が停まっている。

こんな綺麗で立派なお宅に住んでいても、離婚をしてしまうんだ……と複雑な気持ちになった。

奥さんが出て行くという事は、旦那《だんな》さんはこの家に残るのだろうか？

と、そこまで考えて、自分が余計な事に関心を持ちすぎだと気がついた。

僕がお邪魔するのは家の中であって、人の心の中じゃない。

普段のような大掃除と違って、今日は周辺のお宅への挨拶《あいさつ》もしないらしい。

いつもの作業つなぎじゃないし、スーツっていうのがなんだかそもそも落ち着かない。

インターフォンを鳴らす横で、ネクタイをいつもより入念に整えていると、望春さんがふ、っと横目で見て笑った。

『はい』

「おはようございます。すずらんエンディングサポートの村雨です」

『お待ちしてました』

インターフォンに出たのは、少し緊張した女性の声だった。

ややあって、玄関が開けられた。

真面目そうな印象の、少し小柄な、眼鏡をかけた四十代くらいの女性だった。

「来て戴《いただ》いてすみません……でも、どうしても一人では進められなくて……」

申し訳なさそうに言った彼女が、どうやら依頼人の大友さんで間違いないようだ。

望春さんからも事前に聞いてはいた通り、引っ越しの為に荷物の整理をしなければならないけれど、息子さんの部屋や、家のあちこちに残る息子さんとの思い出に触れるのが辛く、何一つ捨てられる気がしないという。

「全てを手放してしまうのは、きっとお辛いと思いますから、できるだけ残せるように私がお手伝いさせていただきますね」

望春さんが言った。

そうしていつも清掃の時に使う段ボール箱——そう、丁度両手で抱えるくらいのサイズの段ボール箱を用意した。

「こちらに一つか二つ分だけ残していくと決めてから、お荷物をわけていきましょう。あらかじめ残す量を決めるのが大事だと思います」

「そうですね……確かに、際限なく残してしまいたくなります」

大友さんが寂しそうに視線を落として言った。

「勿論《もちろん》、何でも処分してしまうのは辛いです。ですので、形を変えて残せるものは残していきませんか？　そうして、減らせるものは少しずつ減らして行けば良いのでは？」

望春さんはそう提案した。

「形を変えて……ですか？」

大友さんがきょとんとした。

「はい――処分するだけが『遺品整理』ではありませんから」


その日の休憩時間、外へお昼を摂《と》りに出た時、望春さんが教えてくれた。

遺品整理の仕事は、いつだって痛みが伴う。

痛みの形や強さ、悲しさの度合いはそれぞれだけれど、中でもどうしても突き刺すように痛いのが、『我が子を亡くした親』からの依頼だと、望春さんは言った。

「お子さんの年齢によって、痛みの度合いもですが、残せるもの、残していくものの形が違うの。お子さんの年齢が下がれば下がるほど、物は思い出や生活、命に直結していく」

「生活や命……ですか」

「例えばもっと小さい……赤ちゃんだったりすると、哺乳《ほにゅう》瓶や産着、ヘソの緒や手形……今は生まれた時と同じ重さのぬいぐるみを作る事もあるかな」

他にも遺髪や遺骨からダイヤモンドを作ってアクセサリーにしたり、今は様々な形で亡き人を想う方法があるらしい。

亡くなったのは当時中学三年生の、大友さんの一人息子だ。

遺品は全て、彼の日用品と、十四年間の親子の思い出の品だ。

午前中は、主に息子さんの部屋の整理だった。

年相応の少年期の部屋だったけれど、埃《ほこり》を被《かぶ》った机の時計は、十一時五分を指したまま止まっている。

その横に、小学校低学年くらいの頃の、家族で撮った写真の入った写真立てが力なく倒れていた。

僕は目の奥がギュッと痛くなるのを覚えた。

本や携帯型ゲーム機、カードゲーム等は、お母さんである大友涼子《りょうこ》さんも比較的処分しやすいらしく、中古での買い取りにまわされた。

昔コンビニのくじで引いたという、変身ヒーローの大型フィギュアもだ。箱無しとはいえ、まったく買い取りに値段がつかないわけではないらしい。

ただ、学習につかったノート等の処分はなかなか簡単にはいかないようで、ノートに残された息子さんの字に、涼子さんははらはらと涙を流した。

「数冊だけ残し、あとは全てスキャンして、デジタルで残すという方法もあります」

「デジタルで……ですか？」

「はい。そのままの形ではありませんが、懐かしい筆跡は残せます」

涼子さんの息子さんは、きっちり過去のノートを残しておくタイプだったらしく、ノートは結構な冊数だった。

それを一冊一冊バラして、ミュゲ社から持ってきたスキャナーでスキャンしていく作業に、僕は午前中のほとんどを費やした。

他にも図画工作の授業で描いた絵や、習字作品、そういったものもスキャンできるものはスキャンし、大きな作品はデジカメで撮影することで、記録しておけるらしい。

特別思い出のあるものだけ残し、他はデジタルで残す作業を、僕はお昼の休憩まで、黙々とこなした。

単調な作業が苦手じゃなくて良かったと思う。

むしろ、その作業に徹しているお陰で、涼子さん本人と話さずに済んだのだ。

ご遺族と話すのはいつも辛《つら》い。

そして休憩を挟んで午後の作業は、家の中の他の物だ。

クローゼットの中や、納戸の中にある古い子供服や玩具《おもちゃ》などだ。

「子供は二人って考えていたんですけれど、授からなくて……でもいつか二人目の時にって思っているうちに、捨てそびれてしまって……」

ほとんど全て残っているような、子供用品を前に、涼子さんが申し訳なさそうに言った。

確かに量は多いものの、その理由を慮《おもんぱか》れば、仕方がない事だとも思う。

「衣類などの布物は、そのままではなく、一部分を切り取って、くるみボタンにして残す方法があります。ランドセルを小物にリメイクしてくださる、専門の業者さんもいらっしゃいますよ」

ベビーカーや抱っこひも、チャイルドシートなどの育児用品は、安全性の向上などに伴い、古い物は綺麗であっても中古で出す事が出来ないので、処分するしかないという。

玩具もだ。本当に思い出の深いいくつかだけを残し、写真に収めてから処分することになった。

その選別には当然時間がかかった。

ありふれた玩具にも、物語がある。

望春さんは、その物語にひとつずつ、ひとつずつ耳を傾けて、捨てるかどうかを涼子さんと話し合った。

これは物と一緒に、思い出を葬る作業なのだ。

遺品整理は遺族の心の整理。

少なくとも涼子さんは、今でもまだ悲しみに心を張り詰めて、破裂してしまいそうな雰囲気だったから。

「あの子が逝ってしばらくは……話題にすることも無理だったんです。でも今は……こんな風に話を聞いてくれる人もいなくて」

と、通信知育教育会社のキャラクターの、とらのパペットをくしゃくしゃと動かしながら、涼子さんがぽつんと言った。

ぼろぼろで汚れた、縫い直した跡もある、小さなパペット。

息子さんが亡くなって三年、亡くなってすぐは悲しみが深すぎて、話題にするのも辛かったけれど、今になって口にすると、旦那《だんな》さんも、彼女の両親ですら、露骨にその話題を避けたがるという。

息子さんの死の原因は『自死』だった。

家族以外に話す事自体が、後ろめたくてできなかった。

「中学生で不登校になったんです。私と夫も一生懸命向き合ったつもりでしたが……色々な事が指の隙間から零《こぼ》れるように裏目に出てしまったりして、結局私達はあの子を救ってあげられなかった」

しとしとと降る雨のように音もなく、涼子さんは涙を流した。

「可哀相に……最後は夫が家に連れてきた、幼なじみだった子にも裏切られて……」

親友だったはずなのに——そう、悔しそうに涼子さんは呟《つぶや》いた。

「ずっと部屋から出てこないなら、それでも良かった。生きていてくれさえしたのなら」

そう話す涼子さんを見る僕の目からも、涙が止められなくなって、彼女が逆に僕を慰めてくれる始末だった。

果てしない作業だ。

作業日は二日を予定しているとはいえ、確かに今日一日ではまったく終わる気配がない。

とつとつと、静かに語る涼子さんの話は尽きないし、それを遮る事もできない。

作業が終わったのは結局十八時。

涼子さんの仕事があるので、次の作業は三日後の予定だけれど、内心ちょっと気が滅《め》入《い》る。

確かに普段のように、身体に覆い被さってくるような、嫌悪感や恐怖感といった圧迫感はない。純粋な身体の疲労感も、今日は少ない方だった。

でもすごく疲れた。

ミュゲ社に帰った僕はあんまり疲れすぎて、机に突っ伏してしまった程だ。

上手《うま》く言えないけれど、生命力だとか、精神力だとか、身体の中の見えないエネルギーみたいなものを、吸い上げられてしまったような、そういう圧倒的な喪失感がある。

「望春は社長んとこ？――ってか大丈夫？　随分ヤられてんじゃん」

仕事を終えてシャワーを浴びた愛さんが、ほわほわとシャンプーのいい匂いをさせて、事務所に戻ってきた。

「はい。望春さんは打ち合わせだって……今日は息子さんを亡くしたお宅の整理に行って来たので……ちょっと……」

まぁ……二人の仕事に比べれば、きっと楽だと言われそうだけれど……と付け加えると、同じく身支度を終えた勇気さんが「いや」と言った。

「しょうがない。子供っていうのは、俺達でも応《こた》えるよ」

「うん。今更ご遺体相手にメンタル逝ったりしないんだけどさ、子供相手は別よ。作業もなんだか切ないし、ご遺族も可哀相でさ」

共用冷蔵庫の中の麦茶を、自分と勇気さん、そして僕の分とカップ一杯にそそいでくれた。愛さんはいつもカップになみなみ入れる癖があるので、すぐこぼれるし、初めの数口をかならずズビズビ啜《すす》らなきゃいけない。こんな真剣な話の最中でもだ。

「ほら、賽《さい》の河原ってあるじゃない？　子供が石積んで、鬼がエンドレスに倒すっていう、不条理なエピソード知ってる？」

「ああ……なんとなく」

確か、親よりも早く死んでしまった子供が行くという場所だ。

「なんで死んじゃった子供がさ、そんな地獄みたいに辛い思いさせられるんだ！　って昔は思ってたけど、今はなんとなくわかるんだよ。『子供が先に逝く』って、親にとっては生き地獄なんだと思う」

だから、そんな事があってはならない、あるべきではない。そんな悲しい事を許さないために、そこには鬼が住んでいるのだと。

「だから絶対に死んじゃ駄目だよ。そんな悲しい事になっちゃ駄目。青は事故に遭わずに病気にもなっちゃ駄目だよ。ロボットくらい頑丈に生きなよ」

「さすがにロボットは無理ですけど……」

「でも絶対に駄目」

愛さんがずず、と麦茶を啜りながら、少し遠くを見て言った。

普段ぶっきらぼうに話す愛さんが、こんなに熱心に話してくれる事に、いままで二人がどれだけ悲しい現場に立ち会ってきたのか、その端っこを垣間《かいま》見た気がした。

「切り替えだ。風呂《ふろ》入ったらリセットできる」

思わず僕の目にじわっと浮かんだ涙を見て、勇気さんが慌てて言った。

「そう切り替え大事。あ、明日《あした》さ、私達依頼入ってないし、友引だから葬儀部の連中も一緒に外焼き行くことにしたんだけど、青も来る？　今年忙しくて花見も行けなかったから、ジンギスカンやるよ」

そう愛さんが誘ってくれた。

友引？　って思ったけど、そうか、友引は一般的に葬儀とかが少ないんだっけ。

丁度戻って来た望春さんに話を聞くと、どうやら明日は僕らも依頼はないらしい。

というか、既に社長の許可もとったそうだ。

「へぇ……じゃあ、どこでやるんですか？　神楽岡《かぐらおか》公園？　21世紀《せいき》の森《もり》とかですか？」

「ううん。春光台公園」

「え？」

それを聞いて、僕の心臓は止まりそうになった。

参

伯父《おじ》さんの沢山ある趣味の一つに、アウトドアがあった。

災害の時、休日にみんなで焼肉に行く時、その他色々と、とにかくアウトドアの技術はあった方がいいし、せめて火を熾《おこ》すくらいは出来た方がいいと。

伯父さんは小学一年生の僕にも、きっちりとそのやり方や、どうして火が付くかの原理まで、教えてくれていた。

例えば焚火《たきび》だ。

焚火の炎は、一見薪《まき》自体が燃えているように見えるけれど、実際は熱分解により生じた可燃性ガスが燃焼しているのだ。

小学生の僕には、わかったようなわからないような説明も、年齢を重ねて理解していく度に、伯父さんがどれだけ真剣に、僕に知識を授けようとしてくれていたのかと、感謝に胸が熱くなる。

お陰で家で焼肉をする時、家族キャンプの時、炭火を熾すのはすっかり僕の仕事になった。実際父さんや母さんよりも、僕は上手に火を熾すことが出来たのだ。

幼い頃、それを教わったのは、春光台公園だった。

伯父さんはあそこが好きだったのだ。

アスレチック場もあるあの場所が、僕にとっても思い出の場所だったのに、今は違う。あそこで見た物、そしてあの場所に眠っているかもしれない物の事を考えると恐ろしくなるし、紫苑さんは再び僕があの場所を訪れることを、許しはしないんじゃないだろうか？

そんな葛藤《かっとう》が、ずっと僕の中でのたうっている。


「今日は僕の話を聞いていないね」


そのせいか、リクライニングソファで、いつもの『診察』を受けている僕に、紫苑さんが不満げに言った。

「あの……」

その、ちょっと不機嫌そうに歪《ゆが》められた眉《まゆ》に、それだけで恐怖感がじんわりと湧き上がる。

「今夜はまだ、一筋の涙も採取できてない。今日の仕事は大変だったって言ってたのに」

彼はハンギングチェアに深く腰掛け、足を軽く組んで、拗《す》ねた表情で呟《つぶや》く。

「あの……確かに、仕事は大変だったんですけど……」

「けど？」

「えっと……明日、デイキャンプに誘われてて。こんな休学中に、そんなヘラヘラ遊びに行って大丈夫かなって、そう思って」

「ふうん」

僕の説明に、紫苑さんは形の良い眉を深く寄せて、軽くそっぽを向いた。

「で、本心は？」

「え？」

「そういう建前的な事はいいから、本音で話してくれないかな？」

「………」

本心は、と言われても……だ。

だって僕はあの場所で、この悪魔に、紫苑さんに出会った。

とはいえ、あの時のことはどこまでが真実で、どこからが妄想なのか、自分でもはっきりしない。彼に直接聞く勇気が出ない。

それらしい事件の痕跡《こんせき》も、ネットで調べる事は出来なかった。

だから――言えないじゃないか。

貴方《あなた》の事が怖くて、過去の事が恐ろしくて、今でもあそこには行きたくないなんて。

あの時本当は何が起きていたのか。

でも彼は何もかも見透かしたような表情で、まるで僕を批難するように、こっちを見ている。

「……場所が春光台って聞いて、ちょっと迷っていただけです」

「ふうん、なんで？」

「だってあそこは……」

僕が言葉を濁すと、彼はふっと薄く笑った。

「……あそこには、君が怖がるような物は、もう何もないよ」

「え？」

「だから気にしないで行けばいい」

「でも……僕、行っていいんですか？」

「好きにしたらいいよ――それより『診察』をしよう。今日あった悲しい話を聞かせてよ」

紫苑さんの言葉の意味はよくわからないけれど、でもその『何もない』の言葉は、信じても良いような気がする。

少なくとも、彼はその場所に僕が行く事を怒りはしないようだ。

そんな事を思いながら、僕はまた紫苑さんの望むままに、悲しみの奔流に呑《の》み込まれた。

そうだ、涙を流すのは容易《たやす》い。

今日は充分、悲しい人に出会ったのだから。

紫苑さんの『診察』の効果は絶大で、辛《つら》いと思っていても、結局翌朝目覚めると、やけに頭の中がスッキリしている。

窓の外は初夏を思わせる真っ青な空が広がり、朝から雲ひとつない爽《さわ》やかな天気だ。

今日はみんなお昼過ぎには仕事を切り上げて、遅い花見に出かけるのだ。桜は散っているだろうけれど、まあなんやかんや花は咲いているはずだ。

わいわいざわざわ、ちょっと浮ついた空気の中、僕らは午前中のめいめいの仕事を済ませた。

僕は作業がないので、遺品整理士の資格を取得する為のテキストの内容を頭の中にたたき込んでいた。

まあこんな空気だ、勿論《もちろん》頭になんか入ってこなかったんだけど。


旭川は完全なる内陸部に存在する。ぐるっと山に囲まれた街だけれど、北海道のほぼ中央に位置する事もあり、流通拠点のひとつになっている。

つまり北海道中の美味《おい》しい物が集まるわけだ。

肉と野菜だけでなく、美味しい海産物も比較的安価に手に入る。

スーパーの鮮魚コーナーに並ぶ海鮮は、札幌よりも新鮮で安いのだ。

仕事が終わってから、僕は望春さんと社長の二人に付き添って、買い出しに行った。

北海道といえばジンギスカン。生の骨つきラムもいい。

そして旭川と言えばホルモン。養豚が盛んなこの街は、新鮮な豚肉はもとより、内臓系の美味しさは格別なのだ。

そして当然ながらの牛肉。忘れちゃいけない鶏肉。

更には鮭の半身とハラミ、貝付のホタテ、北寄貝、あとはウニ……殻付の生ウニだ。震える。

「私は行けないけれど、しっかり愉《たの》しんでらっしゃい」

と、社長は美味しそうな肉と海鮮、そしてぶっといアスパラの束なんかも、ひょいひょいカゴに放り込んでいく。この気っぷの良さ……社長……。

思わず『一生付いていきます！』と言いそうになるくらい、清々《すがすが》しい買いっぷりにクラクラした。


もちつもたれつ、今日はまだ仕事の小葉松さんが、合間を縫って会社のバンで僕ら数名を送ってくれる事になった。

そうして、仕事終わりに彼も合流するらしい。葬儀が入らないといいけれど。

春光台は旭川市の北に位置する、なだらかな丘陵地帯だ。

ずーっとずっと昔は、日本軍の演習地だったという場所で、自然に溢《あふ》れ、旭川空港に立派な石像もある、スキーの父ことオーストリアのテオドール・エードラー・フォン・

レルヒ中佐が、当時の学生達にスキーを教えた場所として、『北海道スキー発祥之地』の記念碑が立っている。

ミズバショウの群生地もあり、旭川が舞台の小説、徳冨蘆花《とくとみろか》の『寄生木《やどりぎ》』にちなんだ石碑も立っている。

パークゴルフ場やキャンプ場、アスレチック場に散歩道、そして歩くスキーコースと、一年を通して市民に愛される場所だ。

葬儀部の人達とは、普段顔を合わせたら挨拶《あいさつ》はするものの、まだあまり親しくはない。でも愛さん達の話によると、癖の強い人ばっかりだという。

皆が揃うまで一時間ほどあったけれど、公園の焼肉コーナーに移動する前に、なんだかわからないまま、葬儀部の知らないオニイサン達に拉致《らち》されて、『若い労働力』である僕は、彼らのお子さん達と一緒に、アスレチック場を走り回らされた。

弟妹《きょうだい》の世話で子供達を遊ばせるのは慣れていると言え、久しぶりの全身運動に身体が悲鳴を上げ――るかと思いきや、意外に身体は動いたし、十二年ぶりのアスレチックは、この歳になっても想定外に楽しい。

僕の精神年齢が幼いのかと不安になったけど、葬儀部のいい大人達も全力で遊んでいたので、多分僕だけじゃない、大丈夫……。

夕べこそ散々悩んだし、正直今日も公園に着くまでは、いつもの喉《のど》が苦しいような、やっぱり今すぐ帰りたいような気持ちになっていたけれど、車が着いた瞬間変わった。

ドアを開けて胸いっぱい空気を吸い込んだら、その懐かしい匂いに涙腺《るいせん》が爆発しかけた。

アスレチックと一緒だ。

身体が覚えている。

きっと細胞とか、僕の本当に深い部分にまで、この場所の風が染みこんでいるのを感じる。

子供達と走り回って、楽しいと同時に後悔した――ああ、なんでもっと早く、ここに『帰って』こなかったんだろう。

笑顔の下でそんな焦燥感を覚えながらも、わいわいとみんなで焼肉コーナーに移動する。

タープの下、既にオレンジ色に炭火は熾《おこ》され、香ばしい炭火で焼ける、お肉のいい匂いが辺りに漂っていた。

どうやらミュゲ社の焼肉は、高木姉弟《きょうだい》と佐怒賀さんが奉行らしい。

愛さんがお肉を焼いている横で、佐怒賀さんが鮭のちゃんちゃん焼きを作っていた。

ちゃんちゃん焼きは焼肉や鍋《なべ》以上に、奉行が手腕を振るう料理だ。

うっかり完成前に箸《はし》を付けようものなら、即この場からの退場を命ぜられるに違いない……多分だけど（でもそういう空気は確実にある）。

その横で、口を開いた貝や野菜に、勇気さんが何やらとろとろしたペーストのような物を塗り広げていた。

「それ、何ですか？」

「それねぇ、『勇気オイル』。何に塗っても最高にウマいよ」

と、愛さんがかわりに答えてくれた。

作り方は簡単らしい。

すりおろしたニンニクとオリーブオイル、そして自分の好みのスパイスソルト。それをしっかり練ったゆるいペーストは、何に塗っても最高に美味しいけれど、お薦めは貝と、なんと言っても野菜だそうだ。

「食べてみ」

と、勇気さんが焼きたてのアスパラと、椎茸《しいたけ》をトングでお皿に盛ってくれた。

じゅんわりぽくぽくと絶妙な火の通り具合の朝採れアスパラは、とにかく味が濃厚で甘みを感じるけれど、それを勇気オイルが、何倍にも引き立てていた。

そして椎茸だ。肉厚の椎茸。

ひっくり返した笠の中に、じゅわじゅわと水分が滲《にじ》んできた所に溶け込んだ勇気オイル……むっちりちゅるんとした食感と、椎茸の芳しい香り、そこにオイルと椎茸汁が加わって、もう……。

「これは……お肉どころじゃないかもしれない」

思わずそんな言葉が出てしまった。

そのくらい、このオイルで食べる新鮮野菜は、本日のメインといっても過言ではない美味しさだったのだ。

けれどそんな僕に、愛さんと佐怒賀さんの取ってくれた肉と魚、そして焼き上がった勇気さんの貝が、容赦なく攻め込んできた。

気がついたら、せっかく買ったセコマのおにぎりに手が伸びる余裕もないほど、お腹の中に、ぎゅうぎゅうに肉やら魚やら貝やらが詰め込まれてしまった。

いや……そりゃあ花なんてどうでもいいから、愛さん達と焼肉やりたいのも、わかります。


途中から参加した人、旦那《だんな》さんとお子さんのお迎えついでに、ご相伴に与《あずか》る奥さんなんかが一段落し始めると、気がつけば勇気さんは一人戦線離脱して、小型の焚火《たきび》台に向かい、鮭のハラミの一夜干しを炙《あぶ》りながら、ガラナを飲んでいた。

「あー、やっぱピコグリっていいですね。スピット付けられるの便利だし」

「え？……ああ」

それは僕が前から気になっている焚火台だった。

基本直火は禁止されているキャンプ場がほとんどだし、防災のためにも、環境のためにも、焚火は防火シートと焚火台の上で行うのが望ましいのだ。

勇気さんが使っている焚火台は折りたたみ式で、Ａ４サイズ＆４４２ｇと、とにかくコンパクトなので、キャンパーに人気がある。

ただ焚火を愉《たの》しむだけでなく、スピット（串《くし》）を通したりする事で、五徳がわりにして上で煮炊きする事も出来る。

「こうやってみると、結構おっきなサイズの薪も、バトニング無しでいけちゃいそうですね」

大型の焚火台と違い、小さな焚火台は、その分薪《まき》も小さくしなければいけないので、斧《おの》なんかで割るか、バトニング——つまりナイフで薪を適したサイズにしてあげなきゃいけない。

でも受け皿が開放されたこの焚火台なら、下にちゃんと防火シートを敷けば、ギリギリサイズの大きな薪もいけそうだ。

「……いや、横フレームがあるから落ちはしないけど、大きい薪だと、やっぱ切れ込みのところが垂直フレームから外れる」

「あー、さすがに荷重に耐えきれない感じですか」

なるほど、コンパクト仕様の折りたたみギアだからこその問題だ。

「とはいえ普段B-6君も使ってるけど、焚火を愉しむならピコグリの方かな」

「ですよねー。でもいいですね、家でキャプスタの円盤のヤツ使ってたんですけど、サイズもだけど、灰が舞いやすいのが地味にストレスだったんですよね。ピコのおっきい方に買い換えちゃいたいなぁ……」

円盤式の焚火台は、見た目もカッコイイし、燃焼性にすぐれてもいるけれど、横風が吹いたり、ふいごや火吹き棒を使ったりすると、中の灰が花咲《はなさ》かじいさん並に舞い散ってしまうのだ。

他にも小型の折りたたみ式の焚火台を使っているという事は、勇気さんは多分ソロキャンが趣味なんだろう。

いいな。そうだな、車の免許とか取れば、僕もソロキャンとか出来るようになるんだよなぁ……。

「…………」

「え？　なんですか？」

なんて事を考えていると、気がつけば、勇気さんが僕をじっと見ていた。

「いや……雨宮もキャンプやるんだと思って」

「伯父《おじ》さんがアウトドア好きでしたし、一番下の弟がまだ小学生なので、夏休みには毎年ファミキャンしてました」

うちは母さんは火熾しくらいは出来るけど、父は一切出来ない人なので、テントの設営なんかも含めて、我が家では僕の仕事だったのだ。

「じゃあ、今度休みの合う日に行こう。二人なら、前日とかに決めても行けるだろうし」

「へ？　あ——あ、はい、是非……」

それはまたゲリラ進行だけど、確かに僕も日々何か用があるわけじゃないし、行けないこともないだろう。

そもそも社交辞令なんだろうし。

それにもし本音だとしても、あのオイル……本当に美味《おい》しかったし……なんて思っていると、後ろの方で「えー！」という声が上がった。

「どうしたの？」

不思議そうに望春さんが声をかけていたのは、電話を片手にした葬儀部の人だ。

「どうする？　ご葬儀一件入ったって……んもー、だから松さんの日はやめておこうって言ったのよ……」

はーっと、葬儀部の事務の女性が溜息《ためいき》を洩《も》らした。

「まぁ、大体食べ終わってるのが、不幸中の幸いじゃない？」

望春さんが苦笑いする。

急遽《きゅうきょ》飲んでいない人はミュゲ社に、そして飲んでいる人は家族の迎えなどを待っての帰宅になってしまった。

突然のお開きになってしまったけど、まぁこればっかりは仕方ないっていう空気が漂っていた。

「あ、望春達どうすんの？　松さんと帰るって言ってなかった？」

幾分がっかりしながら片付けを開始した僕らに、愛さんが声をかけてきた。

「うん。だからタクシー呼ぼうかなって思ってた」

「だったら、もう一回勇気に迎えに来させるよ。一時間ちょっとくらい待てるでしょ？」

お酒を飲んでいない勇気さんは、一度みんなをミュゲ社に送っていく事になっていた。

「……紫苑さんは、運転できないんですか？」

「出来るけど……」

そう言った後、望春さんは僕の目を見て、ゆっくりと首を振って見せた——ああ、そうか、一人で外に出ちゃいけないっていう約束だっけ。

その奇妙な約束を、望春さんはどう考えているんだろう？　そもそも誰が決めたルール、約束なんだろう？　疑問に思ったけど聞けはしなかった。

「でも、勇気君大変じゃない？　何度も行ったり来たりは」

「大丈夫よ、この子体力有り余ってるし——ねえ？」

そう言う愛さんの横で、勇気さんが頷《うなず》く。

結局望春さんと愛さんで「えー、でも悪いわ」「いいのよ、いつもお世話になってるんだから」なんて、レジ前の奥様みたいな会話をした後、僕らは一時間ちょっと、ここでそのまま待つことになった。

「焚火台と残った薪置いていくから」

と勇気さんのありがたい申し出に甘える。

後片付けもまだ残っているし、焚火を囲んだら、一時間なんてあっという間に過ぎていくものだって伯父さんが言っていた。

とはいえ他の人達を見送って、バタバタと後片付けをし、最後に二人で火を囲む頃には、僕はすっかり疲れてしまって、火のお世話をするのも、なんだかあんまり楽しめそうになかった。

人間の身体は体力が足りなくなってくると、精神力を代わりに消費して誤魔化そうとするんだろうか？

祭りの後の、ぽっかりとした切なさ。

あんなに日中楽しかったのに、笑い声が全部炭と一緒に燃え尽きて、灰になってしまったような侘《わび》しさがある。

「…………」

世の中はこんなに楽しいって事を忘れていた。その充実感からの反動かなんだかひどく気が滅《め》入《い》ってきた。

吹く風は冷たくて、辺りは暗い。

焚火は明るいけれど、その分まわりの影は濃く見える。

覆い被《かぶ》さってくるのは、夜の色をした過去への後悔と不安だ。

ざわざわとざわめく木々の声の中、十二年前僕が見た物はなんだったのか、真実への恐怖が沸き上がってきた——そうだ、そもそも望春さんは紫苑さんの正体を、どこまで知っているのだろうか？

紫苑さんが沢山の秘密やルールを抱えていることは、望春さんもわかっている。

でも二人ともいい大人だ。

一緒に暮らしていると言っても、紫苑さんは診察室のある部屋の方で寝起きしているし、お互いにあまり過剰に干渉し合わない距離感に見える。

僕が岡さんに襲われた時の事は、望春さんの前で「あれは犯人を脅かすための演技だよ」と紫苑さんは笑っていた。

紫苑さんはそういう演技すら上手《うま》そうだし、望春さんはそれを信じている可能性もある。

もしかしたら、僕が思っている程、彼女は知らないのかもしれない――もしあの日の事を、望春さんに話したら、彼女はどうするだろう？

ぱちぱち爆《は》ぜる薪と赤い火、煙の匂い。

そういったものを囲みながら、すっかり日が落ちた空を見上げると、厚い雲が降りてきたのか、濃い灰色に見えた。

望春さんは少し酔いの回った赤い頰で、ぼんやりと火が躍るのを見ていた。

いつもより無防備な表情の望春さんに、僕の心がざわつく。

誰かが今だよ、と耳元で囁《ささや》いた気がした。炎の前の時間は、いつもよりも饒舌《じょうぜつ》になれるものだ。

だから今だよ、きっと――話すなら。

「あ……あの、望春さん」

「え？」

「その、紫苑さんの事なんですが――」

その時、僕の声を遮るように、望春さんの電話が鳴った。

「はい――え？　あ、はい……そうですか……」

電話の主は依頼人だろうか？

相づちを打つ度に、望春さんの表情が曇っていった。

「……大丈夫ですか？」

電話を切る頃には、望春さんの眉間《みけん》に深い皺《しわ》が刻まれていた。

「うーん、昨日の大友さんなんだけど」

「何かありました？」

「それが、もう来なくていいんですって」

「えええ？　それは人騒がせですね」

昨日示した方法で、自分でやれると決断できたか、友人や身内の協力を得られるようになった可能性もある。

もしくはもっと安い業者に頼む事にしたのかもしれない。

「それならね、まぁ……仕方ないって言うか。仕事の面では嬉《うれ》しい事ではないけれど、私の心の方では、良かったって思えるんだけど……」

と、望春さんはなんだか歯切れが悪い。

「けど、なんですか？」

「……わからないけれど、彼女の心の中は、まだまだ枯れたままに見えたの。自暴自棄とか……あまりよくない方法での整理を決めたんじゃないといいけれど……」

とはいえ、依頼人がもう必要ないと言う以上どうにもできないのだ。望春さんが苦々しい息を吐いた。

物憂げに火を見つめる彼女に、それ以上話しかけられる雰囲気ではなくて、僕は言いかけた言葉を結局全部呑《の》み込んだ。

肆

翌日、出社した僕に、勇気さんがキャンプの件について話しかけてきた。

「朱鞠内湖《しゅまりないこ》ですか？」

「旭川からだと車で二時間かからないし、キャンプサイトの予約がいらないんだ」

理由はその広さにあるそうで、仕事のない日にサッと行けそうな手軽さがいいと勇気さんは言った。

てっきり社交辞令かと思っていた僕は、早速の声がけに、ちょっと驚いていた。本当に誘ってくれるんだ……。

寝袋なんかは実家から送って貰《もら》えば、あとは伯父《おじ》さんの使っていたギアがまだ使えるだろう。

だからキャンプに行く事自体はなんの問題もないけれど、正直ほとんど話もしたことがない勇気さんと二人でキャンプって……。

とはいえ朱鞠内湖には、昔伯父さんとわかさぎ釣りに行った思い出もある。

「来週誕生日だし、せっかくだからどこかに出かけたいのは確かなんですよね」

「あら、来週お誕生日なの？」

そう言って、横で話を聞いていた佐怒賀さんが僕を見た。

「あ、はい。護国神社のお祭りの、丁度中日です」

「じゃあ雨が降ってなかったら、仕事終わりに常盤《ときわ》公園の出店行きましょうか。私も子供達を連れて行く予定なの。綿飴《わたあめ》とりんご飴買ってあげる」

それを聞いた愛さんが「いいな！」と声を上げた。

「愛は自分で買いなさいよ」

「でも私この前アイス奢《おご》った」

「いつの話よ、一年以上前でしょ？　時効よ」

愛さんと佐怒賀さんの二人が、そんな風に軽いじゃれ合いを始めてしまったので、苦笑いで見ていると、勇気さんがカレンダーを見ながら「晴れたらいいな」と言ってくれた。

「天気予報見る限り、今年は三日とも晴れマークですよ？」

「そうだけど……それでも必ず、護国神社の祭りの日は雨が降るんだ」

勇気さんが断言した。

そうだ、みんなそう言う。

護国神社の祭りの日は、必ず涙の雨が降る――。

「あ、青音君。伯父さんの遺言書の件……貴方《あなた》は何か思いついた？」

「あ……」

思わずスマホの天気予報とにらめっこしていた僕に、佐怒賀さんが思い出したように声をかけてきた。

「期限はもう少しあるけれど、そろそろ考えておいてね」

「ですよね、わかります……」

「ご両親とももう一度ゆっくり話して――大きなお金よ」

「わかってます」

そうだ、伯父さんの遺産の五千万。それを受け取るための資格は、伯父さんの質問に答えられるか否かなんだ。

しかも問題は伯父さんの好物を当てる事だから、結局僕を含めた親族は、誰一人その答えが思い浮かばなかった。

そうして頭を抱えながら仕事を終えて、望春さん達のマンションに戻った僕は、気が全く進まない中、母さんに電話をした。

そして、電話して数秒で後悔した。

「だから……帰るのはもう少し後にさせてよ。せっかく仕事に慣れてきたところだし、それに、職場の人にキャンプに行こうって誘われてるんだ」

『それ……女の人じゃないでしょうね？』

「残念ながら男の人だよ……」

そもそも僕の年齢なら、もう女性と二人で出かけても何も問題はないだろう。いや、まぁ、出かけた事なんてないけど……。

『伯父さんの遺産の事は、ちゃんと考えるのよ。貴方が貰うべきものだと思うわ』

「僕が貰うべきものって訳じゃないよ」

『そんな事ないわ。姉さんのこともあるんだから、お兄さんは、いつまでたっても、貴方が可愛いはずよ』

「…………」

でも本当にそうだったら、そもそも僕を相続人に指定する筈《はず》なんだから、それは母さん達の都合のいい解釈というものだ。

結局憂鬱《ゆううつ》な気分に、うっすら目が濡《ぬ》れるのを覚えながら、僕は電話を切った。

どっと疲れた。

一瞬、紫苑さんに話を聞いて貰おうかとも思ったけれど、それはそれで本当に疲れてしまうから嫌だった。

それに紫苑さんも、今日みたいに事務所で試験勉強をしているだけの僕の『診察』はあまり乗り気じゃないのだ。

彼が欲しいのは僕の心の平穏ではなくて、あくまで僕の流す涙なんだから。

「…………」

溜息《ためいき》と共に外を見ると、雨。

パタパタと降り出した雨が、窓硝子を叩《たた》いていた——どうりで僕の髪もクルクルな訳だ。

暗闇の中で時折光る雨を眺めていると、ますます憂鬱になりそうだ。

僕は仕事帰りに寄って取ってきた、伯父さんのキャンプ道具の手入れをすることにした。

きっと何年も使っていなかったのだろう。

本当にいい道具は、大事に手入れをしてやればずーっと使えるって、伯父さんは口癖のように言っていた。

「具合……悪かったんだろうな……」

だから愛用のスキレットに浮いている錆《さび》が、これを使う余裕すらなかったという伯父さんの痛みを思わせる。

せめて、僕が大事に使ってあげなきゃって思った。

ぱたぱた、とっとっと……ぱらぱらぱら。

一定のリズムと思わせて、度々音を変える雨音を聞きながら、伯父さんとのキャンプの事を僕は思い出した。

テントをパチパチと叩く雨音を。

僕が雨の日のキャンプなんて、つまんないって言ったら、伯父さんは雨の日のキャンプは最高だって笑っていた。

幼い僕には、楽しくなんてなかったけれど、その分ご飯の時間が嬉しかった。

ごろごろのジャガイモを足した缶のクラムチャウダーと、スキレットで焼いたコンビーフとコーン、そして卵。

焚火《たきび》の横で片面だけ炙《あぶ》った、少し焦げ目のあるカンパーニュに、さっとチーズを載せ、その上にさらにコンビーフを載せて、もう一枚のパンで挟んだ。

伯父さんは雨の日のキャンプが大好きだった。

テントとタープに降る雨の音を聞きながら、伯父さんのサンドウィッチを食べるのは、本当に幸せだった事を思い出す。

伯父さんは沢山美味しい物を知っていた。

高級な料理も、伯母《おば》さんの手料理も。

キャンプの日の朝に食べるカップ麵《めん》の美味しさだって、知っている人なのだから。

そんな伯父さんの一番好きな食べ物なんて、僕には見当も付かなかった。

結局、諦《あきら》めて寝ようと思って、錆や油でベトベトになった手を洗いに行くと、リビングに望春さんの姿があった。

お風呂《ふろ》上がり、まだ完全に乾いていない髪から漂うシャンプーの香り。柔らかそうな生地の灰色の寝間着と裾《すそ》の長いカーディガン。

流れているTVでは、北海道出身の二人組の芸人さんが、どっと会場を沸かしているシーンだったけれど、望春さんはぼんやり見るだけで、ちっとも笑っていなかった。

「……望春さん？」

声をかけると、彼女は何も言わずに横目で僕を見た。

物憂げな表情は紫苑さんに似ている。いや、彼女の悲しい顔は、紫苑さんにうり二つだ。

「どうしたんですか？」

「ううん。ただ……なんだかすっきりしないのよね」

「なんだか――ああ、大友さんの事ですか？」

「そう……信じて貰《もら》えないかもしれないけれどね、私、そういう勘ってよく当たるの」

「勘……ですか」

繰り返すと、彼女はゆっくり頷《うなず》いた。

「……死っていうのは、連鎖することがある。大切な人の死はね、別の誰かを殺してしまうの。人はいつでも強いまんまでなんていられないから」

「…………」

思わず黙り込んでしまうと、はっとしたように望春さんが僕の目を見た。

「ごめんなさい。そうよね、貴方にこんな話するべきじゃなかったわ。貴方もまだ心が枯れたままなのに」

望春さんはそう言って、TVを消した。顔色が悪いようにも見えた。

「もう寝るわ。ごめんね」

「あ、あの！　心配なら、明日《あした》朝一番に電話してみたらどうですか？」

「え？」

「そりゃ……相手には迷惑かもしれないですけど、例えば支払いの件でとか、用件がある体で、もう一度電話してみたらいいじゃないですか！　理由なんて作ればいいですよ！」

思わず僕が身を乗り出してそう言うと、望春さんは驚いたように瞬きをする。

「……貴方は本当にすぐ泣くのね。私の代わりかしら」

「あ……」

気がつけば流れていた涙に、彼女はふっと苦笑して――けれど僕の頭をぽん、と撫《な》で、タンポポみたいねと、髪を少しだけ指先でくるくる弄《もてあそ》んだ。

「でもありがとう。貴方《あなた》の言う通りにしてみるわ」

おやすみなさい。そう言って寝室に消える彼女を見送る。

雨音と、時計の音と、そして彼女の残り香。

リビングの明かりを消すと、遠雷が聞こえた。

伍

女性の勘は云々《うんぬん》……なんて話は聞くけれど、きっと紫苑さんも望春さんも、そういう人の『声にならない言葉』に敏感なのだろう。

そんな二人なのだ。そして彼女の勘は正しくて、朝一番で大友さんのお宅に電話をした後、僕らはそのまま南光の住宅街に急いで車を走らせた。

スマホは繋《つな》がらなかったけれど、家電にかけると旦那《だんな》さんが出てくれたのだ。

彼は少し慌てた調子で、僕らに何か知らないか、彼女におかしいところはなかったか聞いてきた。

妻の涼子さんは、昨日仕事に行くと家を出たまま帰っていないそうなのだ。

『てっきり、実家に帰っているのかと思ったんですが、なんだか胸騒ぎがして……』

と、夫の孝《たかし》さんが声に不安を滲《にじ》ませて言った。

『明日は、息子の命日なんです……』

擦《かす》れた声を、孝さんが絞り出した。

その五分後にはもう、僕らは ONE WITH A MISSION の歌声が響く車の中にいた。

最初に行った時よりも、大友家はずっと遠く感じた。


大友家を訪ねると、ご主人はソファで意気消沈していた。

「涼子さんから何かご連絡は？」

「ありません――三年前からずっと」

彼が自嘲《じちょう》気味に答えた。

孝さんと涼子さんの関係が悪化したのは、息子さんが自殺してからだという。

でも本当は、もうずっと前から壊れていたのだろう――と、彼は言った。

仕事をしている事を口実に、家事と育児に協力しない夫。

家事と育児、そして息子が小学校に上がってからは、フルタイムで働き出して、一日中多忙な妻。

綺麗《きれい》で大きな『家』という名の水槽で、家族は群れることを知らない魚のように別々だった。

「それでも彼女は、息子が悩んでいる事に、気がついていたんです……だから私に、少しはなんとかしてくれと、そう言って来ました」

でも……彼はそれを自分の役目とは感じなかった。何故自分が？　家の事をやるのは妻の役目だろう？　と、思った。

「そもそも、一緒に過ごした時間が短すぎたんです。私はあの子になんて言えばいいのか、それすらもわからなかったんです……」

離婚が決まり、妻の引っ越しを前にして、虫食いみたいに物の空白が目立つリビングで、孝さんは懺悔《ざんげ》するように吐き出した。

結局不甲斐《ふがい》ない息子に対して怒りすら感じ、ある日学校に行きたくないと言い出した彼を、孝さんは頭ごなしに叱りつけてしまった。

その日から、息子さんは部屋から出てこなくなった。

「そこでやっと私は、事態の重さに気がついたんですよ。恥ずかしい話ですが、我が家は上手《うま》く行っていると思っていたんです。子供の登校拒否だとか、引きこもりだとか……そういうのは我が家には関係ない話だと思っていたんです」

そう言って顔を覆った孝さんは、確かに見た目も若々しく、身ぎれいで、『明日の朝、自分の息が止まっていたらいい』なんて、考えながら眠りについた事のないような人に見えた。

きっと本当に、息子さんの気持ちを理解できなかったんだろう。

でも仕方ない。鶯《うぐいす》の言葉は、鶯にしかわからない。

だから孝さんは焦った。

それまで息子さんに何一つ向き合ってこなかったことを悔いて、彼はあの手この手を尽くした。

のらりくらりとまともに対応してくれない学校や、何をしても響かない息子。

やっと引きずり出して連れて行った病院は、「眠れないなら薬を出しますね」と薬を沢山出してくれただけで、子供を再び学校に通わせるために何かしてくれるわけではなかった。

時間だけが過ぎていく。

中学三年間を家の中で過ごす息子に、行ける高校はあるだろうか？　焦りで、夫婦げんかが増えていった。

妻はそんな夫に更に失望していった。

「だから息子の幼なじみを家に招いたんですよ。ここに引っ越して以来、疎遠になってしまっていたので。事前にメールなんかでやりとりをして、息子も少しは気持ちが上向きになったんでしょう。彼が来る前の晩に、急に妻に『髪を切って欲しい』なんて言い出したから、彼女は随分慌てつつも、幼稚園以来だと喜んでいました」

それを聞いて、僕は泣きそうになった。

中学生になった息子さんの髪を、久しぶりに切った涼子さんの気持ちを思うと、たまらなくなったからだ。

そしてその、後のことも。

泊まりに来た彼に、息子は心を開いていたと思う、と孝さんは言った。

「すごい楽しかったって、そう言っていたんですよ。来てくれて良かった、会えて良かった、と……」

朝まで話をして本当に楽しかった、と息子さんは言っていた。


全部がこれで上手く行くと思った。

少しばかり家の中に雨が降っただけ、それだけだ。

けれど家の中に降る雨を遮る傘はなかった。

翌日、久しぶりにケーキを手に仕事から帰った孝さんが見たのは、変わり果てた息子さんを抱きしめて泣いている、涼子さんの姿だった。

そうして涼子さんの時間が止まった。


何日も何日も泣き続けた後、涼子さんはまったく孝さんと口を利かなくなった。

それどころか、彼が目に入らないような、そんな態度を取るようになった。

「でも、私にも罪の意識はありましたから、当分は仕方ないと思ってました」

けれどそれは一年、二年と続き、やがて四年目が間近に近づき、孝さんは離婚を決めた。

涼子さんは喜びも、悲しみもしなかった。

「思ったんですよ。結局私は何もしていない。妻にもです……息子のためにも、もう一度やり直せないかと、一昨日《おととい》彼女に言ったんです。いつまでも悲しいままで生きていても仕方ないと。息子を忘れて生きて欲しいと」

望春さんがそっと目を伏せた。

涼子さんをもう一度幸せにしたかったのだと、胸を掻《か》きむしるようにして絞り出した孝さんの言葉に嘘は感じない。

でも——。

「……こう言ってはなんですが、それは本当に、涼子さんの幸せでしょうか？」

「え？」

「それは『貴方』の幸せではありませんか？」

ゆっくり顔を上げ、望春さんが射貫《いぬ》くような眼差《まなざ》しで孝さんに問うた。

「それは……」

孝さんが言葉を詰まらせた。

「悲しいままの涼子さんを見ている貴方が、『幸せ』ではなかった。そういう事ですよね。現に貴方の心は萎《しお》れていても、枯れてはいない——でも、だからといって、貴方が悪いという事ではありません」

そこまで言うと、望春さんは少し顔を顰《しか》めて、溜息《ためいき》を洩《も》らす。

「それで、貴方が知りたいのは、奥さんの居場所ですよね——警察には？」

「え、いや……それは、まだ……」

「……遺書などは？」

望春さんが少しだけ、躊躇《ためら》うように息をのんでから問うた。

「それは……でも……息子も何も書き残していませんでしたから……」

「そうですね……私の経験上ですが、自死を選ばれた方は、遺書を残される方が少ないと認識しています。雨宮」

「あ、はい」

「私のスマホは常に連絡をとれるようにしておきたいです。だから、貴方《あなた》のスマホで紫苑に電話して」

「え？」

そこまで言うと、望春さんは来客用ソファから腰を上げ、二階の息子さんの部屋の方に顔を向けた。

「お部屋の中の荷物を拝見してもいいですか？　もしかしたら何処にいらっしゃるか、わかるかもしれません」

「え？　本当ですか？」

「遺品はその方の足跡ですから——もっとも、私はその遺品を増やしたくはありません」

望春さんの凜《りん》とした声が響いた。

僕は慌てて、連絡先から紫苑さんの番号を探し、タップした。

陸

紫苑さんは僕からの着信に、呼び出し音三回目で出た。

「雨宮、スピーカーにして」

そういいながら、望春さんは僕と息子さんの部屋に入った。

『まったく、姉さんはいつも急だね』

紫苑さんがさも呆《あき》れたように、大袈裟《おおげさ》に溜息をついた。

「嘘をつかないで、貴方だったらそんな事お見通しだったでしょ」

いつもよりも幾分そっけない調子で、望春さんがきっぱりと言った。電話越しに、紫苑さんがふっと笑ったのが聞こえる。

『……いいよ。話して』

そう紫苑さんが答えたので、望春さんは極めて簡潔に、現在の状況を説明した。

歯に衣《きぬ》を着せない表現だったので、ここに孝さんがいないことに、ちょっと安心した。

いや、そもそものためだったんだろうか。彼は今、望春さんに頼まれて、奥さんの部屋でもう一度遺書がないか探している。

「後は、何が知りたい？」

『部屋から無くなっている物は？　息子の物だ。君が片付けるように言ったんだろう？

新しい生活を始める為に家を出たのだとしても、彼女はまだ息子の遺品は置いて行けない』

「でも……整理した荷物はそのまま残ってるわ」

『だったら単純な失踪《しっそう》じゃない。姿を消したのは夫の出勤中だろう？　荷物を全く持ち出せない状況ではないはずだ――つまり彼女に、もう息子の遺品は必要ないって事じゃないかな。自分も同じ所に行くつもりなんだろう』

紫苑さんは、あっさりと言ったけれど、話の内容は容易《たやす》くはない。望春さんがこくん、と緊張に唾液《だえき》を飲んだのが聞こえた。

「……あ、待ってください」

そんな二人のやりとりを聞きながら、床に膝《ひざ》を突いて、残す予定の遺品の箱を見ていた僕は、ふと、ある物がない事に気がついた。

「あの……とらのパペットがないです。小さくて、ボロボロになっていたヤツ」

あれは確か、そのまま残すと言っていたはずだ。

そしてふと見上げた。机の上の時計の横の――。

「写真立てが……あ」

時計の横に倒れていた写真立て。無くなっていたそれは、机の横のカラーボックスの上に伏せられていた。

それを手にして気がついた――写真が。

「飾ってあった家族写真がありません」

そうか、これも持っていったのか……。

「…………」

と、思った僕の横で、望春さんがゴミ箱に手を入れていた。

「写真があったわ。でも、自分と夫の部分がビリビリに破かれている」

『写真を破るっていうのは、明確な意思表示だし、強い衝動を感じる――壊したいという、攻撃性も窺《うかが》える』

「貴方はどう思うの？」

『君はどうしようもなく頭にきている時に、写真を破っただけで満足が出来るかい？』

「……私、そういう時はプレモルを開けるか、ネットショッピングで散財するから」

『知ってるよ。昨日荷物を受け取ったのは僕だ』

「……紫苑、茶化さないで」

苛立《いらだ》ったように、望春さんが呻《うめ》いた。

『先に誤魔化したのは姉さんだよ。写真を破っただけでは、怒りは収まらない。それは息子の命と同じ重さでなければ晴らせない怒りだ』

「つまり……涼子さんは自殺するだけじゃないって事、ですか？」

僕は思わず問うた。

『どうせ自分も死ぬんだ。最後に復讐《ふくしゅう》して何が悪い？　ついでにもう一人の憎い男に、

「殺人犯の夫」というレッテルを貼ることが出来るじゃないか。一石二鳥だ』

　ふふふ、と紫苑さんが笑った。僕も望春さんも、一秒たりとも笑える気分じゃなかった。

「だったら復讐は……誰にだと思う？」

『無差別に沢山殺すような劇場型の犯罪をするとは思えないね。それを楽しめるタイプじゃない。それには僕も賛成だよ。まったく派手にやりたい連中っていうのは――』

「紫苑、いい加減にして」

　望春さんが怒気を含んだ声で、電話越しに紫苑さんを制する。

『……まったく、姉さんは本当に短気だね。僕にだって少し考える時間が必要だってわからないのかな』

「私を焦《じ》らしていらつかせて楽しんでるのはわかってる。子供の頃、羽根を千切った蝶《ちょう》を、生きたままアリの巣に放り込んだのと同じだわ」

『あれはそういう事じゃない。僕はただ、アリの、群集の習性が見たかっただけだ――青音』

「は？　はい？」

　望春さんがきり、と苛立ちに唇を噛《か》んだのが見えて、はらはらしていた僕は、突然名前を呼ばれて焦った。

『この件、多分姉さんは相性が悪い。フラストレーションを自分で解消できるような人にはわからないんだ。君が動いた方がいい』

「ぼ、僕がですか？　でも――」

『人間はアリのように群れる。子供は特にそうだ。大人達はそうするように求めるから。だから彼の居場所を校内から奪った人間は複数人だろう。彼らはただ、羽根を失った蝶を大勢で取り囲み、屠《ほふ》ったに過ぎない』

「…………」

『そしてきっと母親もその事はわかっている。容易に全員に制裁を与えられないこともね。現に彼女も夫も、学校相手に闘うそぶりを見せていない。諦《あきら》めを感じる』

「じゃあ……つまり、狙いはそのクラスメートとかじゃないって事ですよね」

緊張に、スマホを持つ指先が震える。冷気を感じる。

『そして夫でもない。もはや「ソレ」には殺すために触れるのも嫌なんだろう――だから、僕に与えられた手札に不足がないのだとしたら、スペードのクイーンが向かうのは、息子の幼なじみの所だね』

やっぱりか。

そんな気はしていた。

「確かに彼女は『親友に裏切られた』と言っていました」

『親友に裏切られた息子、夫に裏切られ続けた自分――親というものは、しばしば己と子供の境界線を見失うものだ。きっと夫への憎悪まで、その少年に向けられているんだ』

でもそんなの間違いだ。

なんであれ、どうであれ……たとえどんなに息子さんが傷つけられたとしても、だから って誰かを傷つけるのは、法律が許していない。

だってそれはきっと、盤上のどのコマも幸せにはしないんだ。

漆

慌てて孝さんに頼んで、息子さんの幼なじみの家に連絡を取って貰《もら》うと、涼子さんは確かに日中、その幼なじみの家を訪ねていたという。

『急に来て驚いたけれど……息子の成長している姿が見たいって言われたら、帰れとは言えなくて……』と、電話に出た幼なじみの母親は、孝さんに言った。

そして幼なじみの少年は、息子さんを傷つけて死に追いやるような事は、何にも言っていないと、何度も断言していると。

その事については、父親の孝さんもそんな気はしているんだと言った。

息子も少年も心優しい子だった。だから二人とも惹《ひ》かれ合って、上手《うま》く行っていたのだと。

せめて本人と少しだけ話をさせて欲しいという申し出は断られた。

というより、彼は今学校に行っていて不在だったのだ。高校三年生になった少年は、今日はその後塾に行き、帰りは十九時になるという。

現在の時刻は十四時を過ぎたところだ。

ひとまず僕らは幼なじみの許《もと》へ向かった。

生まれた病院が一緒だったという幼なじみは、大友家から車で二十分ほどの場所に住んでいるそうだ。

「警察に連絡しなくて大丈夫でしょうか？」

「…………」

僕の質問に、望春さんは何も答えてくれなかった。

もし通報して、涼子さんが警察に身柄を拘束されたとしたら、彼女は罪に問われてしまうだろう。

けれど一歩間違えば、幼なじみは命を落としてしまうかもしれないのだ。

僕は迷った。

たとえどんな形であれ、涼子さんを犯罪者にはしたくなかった。

でも……その為には、確実に涼子さんを見つけて、罪を犯す前に説得し、少年を救わなくてはならない。

絶対に。

その為にはどうしたらいいか——僕は薄々わかっていた。

ごくごく簡単な答えだ。

聞けばいいんだ。僕の側には、本当の悪魔がいるんだから。

「紫苑さん……紫苑さんだったらわかりますか？　涼子さんがどうやって人を殺すか」

『それは方法を聞いているの？　それとも場所かな？』

「……両方です」

『そうだな……相手は子供とはいえ高校三年生の男子だ。彼女は事前に彼の現在の姿を確認している。ナイフ等で襲う可能性も勿論《もちろん》否定できないが、成人男性とほぼ変わらない体格の少年を襲うのは容易ではないだろう。だから僕は車を使うと思う——全ては確実に殺すためだ』

ハンドルを握る望春さんが、緊張にこくんと唾液をのんだのが聞こえた。

確かに涼子さんは、自分の車に乗って姿を消してしまっていた。

『場所については調べたんだ。一応彼の通っているという高校だが……下校時刻はまだ明るいし、人目も多い。これはとうてい殺害には向かないよ』

「でも車でなら関係ないんじゃないですか？」

『いいや、明るい時に事故を起こせば、少年が救命されてしまうかもしれないし、警察が来て自分が死ぬタイミングを失う可能性もある。忘れてはいけないのは二つの死だ。自分と、少年。どちらも殺せなければ意味がない』

でなければ、また息子に会えない、と紫苑さんが囁《ささや》くように言った。

『となると、今はもう随分日が長い、チャンスがあるのは塾の帰りじゃないかと思う』

「帰り道に襲う……でも暗いとしたら、どこから襲われるかわからないんじゃないですか……」

『いいや、そんな事はないよ。罪を犯すには場所が必要だ。環境が揃わなければ、なかなか犯罪っていうのは起こしにくい』

「環境……ですか」

『基本的には目立たない場所を選ぶはずだ。いつ何時目撃者が現れて、邪魔しようとするかわからないから』

「目撃者……」

そこでふと、僕は思った——あの日、十二年前、だったらどうしてあんな昼間に、人が来るかもしれない場所で、紫苑さんは罪を犯していたのか。

「それは……本当ですか？　貴方《あなた》でも？　じゃあ休日の昼下がり、散策道で人を殺したりしませんか……？」

問う声が震えた。でも紫苑さんはそんな僕に、ははは、と声を上げて笑った。

『そんな愚かな事は絶対にしないよ。何も知らない子供が紛れ込んでくるかもしれないからね』

「…………」

じゃあ、だったら——？

その言葉をどこまで信じていいのか、僕はわからなかった。

けれど信じなければ、涼子さんは救えないとも思った。

「それで……何処に向かえばいいの？」

不安げに、望春さんが切りだす。

紫苑さんは「調べたんだ」と言って、住所を指定してきた。

まだ日没まで随分時間はある。

彼が指定してきたのは、丁度少年の家と塾の中間にある、大きな公園だった。

「小さい公園の方が、人目につきにくくないですか？」

『そうとも限らない。特に大きな公園は、不特定多数が何をしていても、不審に思われにくい。そこの駐車場なら、ずっと待機していても人目につかないし――ああ、駐車場は第二の方だと思う。ネットで見たところ、そっちの方が外灯が少なく薄暗い』

言われるまま、第二駐車場に車を移動させると、確かに第一駐車場より狭く、遊具からも遠く、歩道との間には、生け垣のようにハマナスが植えられている。ここの方が、圧倒的に人目につきにくいみたいだ。

歩道より少し離れた奥の方に車を停める。きっと僕らの車も目につかないだろう。

そのまま僕らは二時間ほど、涼子さんが現れるのを待った。

少しずつ太陽が傾くにつれて、ますます駐車場は影に呑《の》み込まれていった。

「……何気ない所にも、こういう『死角』があるんですね」

だって公園だ、子供だって沢山遊びに来る場所。なのに涼子さんに限らず、不審者なら誰でも潜みやすい所だと、僕は思った。

『姉さんも青音も気をつけた方がいい。姉さんは見た目がいいし、青音も男だからって大丈夫だという保証はひとつもない。世の中男性の被害者は少ないんじゃなく、数として計上されていないだけだ。特に性犯罪は、被害者自身が隠したがるから』

そういう犯罪を前に、『自衛しなさい』という言葉に、違和感を覚えずにはいられない。

何故、どうして、傷つく方が気をつけなければならないのか。

悪いのは犯罪者の筈《はず》なのに。

そんな不条理さに溜息《ためいき》をつくと、酷《ひど》く喉《のど》が渇いている事に気がついた。

そういえば朝食の後から、今までずっと飲まず食わずだ。

「ちょっと僕、そこの自販機で飲み物買ってきますね」

「あ、じゃあ私の分もお願いしていい？」

車を降りると、望春さんも一度降りて、軽いストレッチをしていた。

確かにずっと座りっぱなしで待つのは身体に良くない。

そんな彼女を尻目《しりめ》に、僕は近くの自動販売機を目指した。確か駐車場の道路を挟んで向かい側にあった筈だ。

生け垣と生け垣の間を直進して向かおう——その時だった。

「……あ」

丁度その時、オレンジ色の車が、ゆっくりと駐車場に入ってきた。

生け垣の間にいた僕の方が、運転席の女性より、早く相手に気がついた。

僕はその瞬間、神様でも、仏様でも、天国の伯父《おじ》さん達でもなく――紫苑さんに、感謝した。まったく信じていなかった訳じゃない。

だけど……やっぱり彼を信じて良かった。

「くうっ」

咄嗟《とっさ》に車を停めなきゃと、そう思った。

車の前に飛び出そうと駆け寄ったが、徐行中でも想像より速くて、前に出る前にサイドミラーに触れるのがやっとだった。

「あ！」

だけど僕の代わりに、気丈にも駆けてきた望春さんが、車の真ん前に立ち塞《ふさ》がった。

僕は、車の後ろに回り込んだ。

その頃には涼子さんは、僕の存在と――そして前方の望春さんに気がついて、バックをしようとしたが、僕に阻まれてしまった。

この小さな第二駐車場の出入り口は一ヵ所だ。

つまり僕か、望春さんを轢《ひ》かなければ出られない。

「逃げないでください！　僕らを轢いたら警察が来ます！　貴方が罪を犯す前に！　それでいいんですか！」

カラオケの採点機で、いつも『もっと声を大きく』と駄目だしされる僕自身も想像できないほど大きな声が出た。叫んだ。

車の中で、涼子さんがはっとしたのが見えた。

「話をさせてください！　窓を開けて！」

更にそう叫ぶと、涼子さんは一度ハンドルに突っ伏してから、諦《あきら》めたように助手席の窓を開けた。

「大友さん。こんな事をしちゃ駄目です」

慌てて開いた窓にしがみつくように車内に肩を半分滑り込ませる。

助手席には、あのとらのパペットが座っていた。涼子さんは僕を見なかった。

「大友さん……」

涼子さんはまるで、毒に喉を焼かれたような、酷く擦《かす》れた声で答えた。

「……息子は死んだのに、あの子は大きくなっていた……私の子供を殺した人間が」

よく見れば、その目は真っ赤でぼってりと腫《は》れている。

喉が嗄《か》れるまで泣いていたのだ——それを見て、僕の目にも涙がこみ上げてきた。

「それでも、こんなの……悲しいだけだ。悲しい人が増えていくだけですよ！」

「悲しめばいい……みんな。あの子を傷つけた人達は全員」

「息子さんは、楽しかったって言ってたんじゃないですか？　幼なじみと会って良かったって、喜んでたって言うじゃないですか！」

「そんな筈ないわ」

「でも……」

「だったらどうしてあの子は死んだの⁉　おかしいじゃない！　どうして？　本当に楽しいって喜んでいたら、自殺なんてしないわ！　裏切られて、傷つけられたから、だからショックで死んだに決まってるでしょ⁉」

涼子さんが悲鳴のような声で叫んだ。

「あ……」

楽しかったのに、どうして？――でもその言葉に、僕ははっと気がついた。

ずっと家から出られずに、家族すら信じられず、閉じこもっていた彼を、懐かしい親友が喜びの中に連れ出した。

だけど、彼は去ってしまった。

また会えるとしても、祭りは終わってしまったんだ――その空虚感。

「……楽しかったからですよ」

そうなんだ、わかった。楽しかったからだ、本当に。

「……え？」

「友達との時間があんまり楽しくて、楽しすぎて……だから日常に戻ってきた息子さんは、襲ってきた静けさに耐えられなくなったんだ」

この前の、デイキャンプの日の事を思いだした。あの日だってそうだった。

散々遊んで、美味《おい》しいご飯を食べた後、僕を襲ってきたのは満足感や幸福感じゃなく
——孤独感と虚無感だった。

「……心ってスポンジみたいなのかもしれないです。元々喜びや幸せが敷き詰められていないと、新しく『楽しい』が入ってきても、ちゃんと吸い上げられないし、その一瞬が過ぎると身体の中から消えてしまうのかもしれない」

そうしてまた、孤独が忍び寄ってくる。

楽しかった後は、それが余計に耐えがたい痛みになる。だから彼は、まっ黒な暗闇の中に落ちてしまったんだ。

「……こんな悲しい事はないけれど……きっと、誰も悪くない筈です。少なくとも、彼を愛している人達は」

そして、息子さん本人も。

僕がそう訴えると、涼子さんの頬に涙が伝った。

「でも……だったら、どうしたらいいの？」

「…………」

擦れた声が僕に問うた。

僕はその質問に対する答えは持っていなかった。

「だって我が子を失った気持ちは、この絶望は、夫にだってわかって貰《もら》えない。世の中は無神経で残酷で、どんなに立ち直ろうとしても、前に進む覚悟をしても、不意に悲し

みに引き戻される。あの子を死なせてしまったという現実に引き戻されて、立ち上がれなくなる！」

「わ……わかりますよ。わかる人だっている。僕もそうです」

「わかるわけないわ！」

「わかりますよ！　だって僕もいないから！」

ぶるっと頭を横に振ると、自分の涙が顎《あご》と耳を濡《ぬ》らした。

「僕も……殺してしまったから」

「……どういう事？」

涼子さんの濡れた眼が、不思議そうに僕を見た。泣きはらした真っ赤な目で。

「僕には今、ちゃんと父さんと母さんがいて、優しい伯父さんと伯母《おば》さんもいたけれど――でも、今の両親は本当の親じゃないんです。僕の本当の母親は、僕の出産の時に亡くなりました。だから……僕の誕生日は、本当の母の命日なんです」

言葉にした途端、また、ぽろりと涙がこぼれ落ちた。

父さんと母さんは、本当に僕に優しいし、弟妹達も、僕を本当の兄のように慕ってくれる。

だけどみんな、僕の中に死んだ母の面影を見る。まざまざと。

母の存在を忘れさせてくれない。

『母の命日』ではなく、『僕の誕生日』だという事を、僕の為にと思ってか、やたらと強調したい母さんは、僕の誕生日を毎年大袈裟《おおげさ》に祝いたがる。

だからこそ、僕はその日が辛《つら》くなる。本当の事を知る人のいない場所に、どこか遠くに行きたくなるのだ。

「どんなに優しくしてくれても、愛してくれていても、僕は永遠に母親を殺した子供です。僕の誕生日、この街では悲しい涙の雨が降る」

護国神社のお祭りの日、毎年必ず涙雨が降る。

教えてくれたのは伯父さんだ。

「息子さんの死を越えられずに、貴方《あなた》が罪を犯すなら、自らを殺してしまうなら、僕はどうしたらいいですか？　僕も生きていちゃ駄目ですか？」

「あ……違うわ、そんな事ないわ」

涼子さんが、泣きながら慌てて首を振った。

彼女がおそるおそる、僕に手を伸ばしてきた――それは、慰撫《いぶ》するための優しい手。子供を慰めるための、母親の優しい手だ。僕はそれを、ぎゅっと掴《つか》んだ。

「だったら貴方も約束してください。こんな事しちゃ駄目だ！　だって僕は……母を殺してしまった僕は――僕はそれでも、生きていきたいんだ」

涼子さんはそれを聞いて、震えるような深呼吸を一つし――そして、空いた方の手で車のエンジンを切った。

「だけど……忘れろと、先に進めと言われる度に、痛くて辛いの。悲しいの……悲しむ事すら許されないことも」

「だったら、忘れなきゃいいんです」

わっと涙を隠すように、顔を覆った涼子さんに、そう声をかけたのは望春さんだった。

「『涙』も『悲しみ』も『弱さ』も、『悪』じゃありません。貴方の悲しみは、貴方だけのもの。一生貴方の一部、貴方自身です――貴方の心が貴方の速度で進む事を、何人たりとも侵す権利はないと思います。だから――」

温かい手が、僕と、涼子さんの手に重ねられた。

「……貴方は貴方の悲しみをちゃんと抱いて、共に生きてください」

悲しいのは辛い。でも……それでもどうか悲しむことを、否定しないで欲しい。

時々立ち止まることも、泣いてしまうことも。


その時、僕らのすぐ前を学生服の少年が歩いて行った。

まっすぐに、前を見て。

終

僕は母の命を奪って、この世に生まれてきた。

身体の弱い人だったたっていうのは聞いたことがある。

そしてそれでも、一人で僕を産み育てることを決意した人だった。

父親という人が誰なのかまわりに話さないまま、母は儚《はかな》くこの世を去った。

僕は涙の子だ。

涙の雨が降る日、母を愛する人達の涙の中で生まれた。

僕の本当のお母さんという人は、誰からも愛された、素敵な人だったのだ。

弟妹と不仲だった伯父《おじ》さんですら、母を特別愛してくれていた。


伯父さんは、母親の違う弟妹と、そして自分の父——つまり僕のお祖父《じい》ちゃんの事を、ずっと憎み嫌っていた。

お祖父ちゃんは自分の事業に成功すると、若い頃から病弱ながらも苦労して支えてくれた、伯父さんのお母さんをあっさり捨て、もっと若くて美しい女性と再婚してしまったのだ。

伯父さんのお母さんは、夫の背信と戦う気力すらなくしてしまって、悲しみの中、病気で死んでしまった。

それ故に、伯父さんは母親の違う弟妹達の事を、どうしても愛せなかった。

けれど僕の母だけは別だった。

弟妹の中で一人病弱だった母に、自分の母親の姿を見たんだろうか。

伯母さんもだった。

お祖父ちゃんに結婚を反対された伯父さんは、生まれながらに家族に恵まれず、施設のような所で育った伯母さんと、駆け落ち同然で結婚したと聞いた事がある。

伯母さんは夫の大切な妹の事を大事に可愛がった。初めて出来た、彼女の本当の家族として。


だから妹が出産と共に逝ってしまった時、二人は僕を養子に迎えたいと言った。

けれどまわりは反対した。

母は伯父さんにとっても可愛い妹だったけれど、それは他の兄妹も同様だったのだ。

お祖父ちゃんもだ。

母は本当に、誰からも愛される人だったから、だからみんな、自分たちを嫌っている伯父さんに、僕を託すのを良しとしなかった。

結局、僕は、姉を慕うその妹、翌年実子の出産を控えていた、『母さん』が引き取ることになったのだった。


伯父さんは僕と、本当の『親子』になりたがっていた。

でもその機会すら、お祖父ちゃんは伯父さんに許さなかった。

だからお祖父ちゃんの介護に、頑《かたく》なに沈黙を貫いたのだ——それは、伯父さんの深い怒りと、『お前達は私の家族ではない』という、彼の明確な意思表示だったと思う。

僕は愛されている。

愛されているからこそ、今ここにいるのだとわかっていても、悲しい。

もっと別の生まれ方をしていたのならば、もっとまわりを、僕自身を幸せにできていたのではないかと思う。

僕が涙雨の子じゃなかったら。

何か一つでもパズルのピースが違う形だったなら。でも――。

でも、どんなに願っても、どうにもできないのだ。

僕も生きていかなきゃいけない。

わかっていても、僕はその一歩を強く踏み出す事が出来ずにいた。

傷つかない為に、ずっと自分を閉じ込めておこうと思った時期があった。

――だけど。


「はー……お腹ぺこぺこ。早く帰ってご飯にしよう」

涼子さんを無事家に送り届け、車に戻って来た望春さんが、エンジンをかけながら言った。

何気ない、当たり前のような口調。

まるで家族にかけるような、そんな声に、胸が熱くなった。

家族でも、そうじゃなくても——やっぱり、独りは寂しい。
手を伸ばした時、見つめた時、そっと触れられる誰かがいてくれるだけで、また明日《あした》が来る事が怖くないって、そう思える気がした。

傷つくのは怖い。
からっぽの自分を傷つけるのも怖い。

「ですね。帰りましょうか。紫苑さんが待ってますね」

だけど今は少しだけ、傷ついてもいいから前に進みたいと思った。

エピローグ

護国神社祭は、毎年六月四日～六月六日の三日間開かれる、旭川の大きなお祭りの一つだ。

戦争で亡くなった人達を祀《まつ》る神社である為か、毎年開催日は必ずどこかで雨が降る。

旭川ではそれを涙雨と呼ぶ。

亡くなった人達の悲しみが、街に涙の雨を降らせるのだと。


僕の誕生日の六月五日、僕はサポ部の人達と、縁日の開かれる常盤公園にやってきた。

なんと、佐怒賀さんと二人の小さな娘さん、そして望春さんは、愛らしい浴衣《ゆかた》姿だったし、それに。

「……今日はなんで一緒なんですか、紫苑さん」

「なんでって……姉さんが一緒に行こうって誘ってくれたから」

一人じゃないから出てもいいんだ、という紫苑さんの、そのルールがまだよくわからないと思いながら、僕は結局、村雨姉弟《きょうだい》と縁日の賑《にぎ》わいを見て歩いた。

望春さんと紫苑さん、黒と白の色違いのキツネのお面を付けた双子は、縁日でも人目を引いている気がする。

その真ん中に立たされた僕は、なんだか恥ずかしくて死にそうだと思った。

「お誕生日なんだし、好きな物買ってあげる。牛串《ぎゅうくし》買ってくる？　チキンステーキがいい？」

「いや、なんで選択肢が肉だけなんですか……」

「そうだよ。青音はお芋がいいよね。サツマイモ？　ジャガイモ？」

「え、なんか普通に焼きそばとか食べちゃ駄目なんですか？」

「えー」

と、双子が揃って声を上げた。

「焼きそばこそ、家で食べれば良くない？　んもー、誕生日のお祝いよ？　なんでも椀《おう》飯《ばん》振る舞いするって言ってるのに……」

望春さんは不満げだ。いやいや、そんな事言ったら、二人のチョイスだって変わらないじゃないですか。

それにしても、子供の頃は何でもかんでも欲しかった縁日に、全然食指が動かなくなったのは、僕が大人になった証拠だろうか？

金魚すくいもくじ引きも、ヨーヨー釣りも、どれもこれも響かない。

そんな話をすると、望春さんがむむっと眉根《まゆね》を寄せて僕を見た。

「え……私、やっていいなら金魚すくい、まだ全然やりたいけど……」

「え？　金魚は……。じゃあ僕、あれは食べてみたいですけど。えーと……そうだ、アメリカンドッグの、砂糖まぶしたヤツ」

望春さんが、あんまり残念そうな顔で言ったので、さすがに申し訳なくなってしまった。

「お誕生日なのに、アメリカンドッグでいいの？」

「あ……はい。僕、あの甘い皮って大好きなんですよ、あげいもも大好きだけど、中の魚肉ソーセージがまた格別じゃありませんか？」

「中が魚肉のがいいのね？　わかった！　ここにいて！　私すぐ買ってくるから！」

止める間もなく、浴衣の裾《すそ》をちょっとだけ翻し、望春さんは人混みに消えていった。

しまった。もっと近くで売ってる物を言えば良かった……。

その時、ぽつ、ぽつ、と、急に雨が降ってきた。

「あ……」

明るい空から降る雨、天気雨だ。

「多分すぐやむよ。きっと誰かが泣いているんだ」

そう言いながらも、紫苑さんは雨宿りできる近くの木の下に、僕の手を引いていった。

丁度池の前の、公園の売店が目に入った。

「あ、綿飴《わたあめ》」

「……買ってこようか?」

「いいえ、そうじゃなくて、子供の頃伯父《おじ》さんに、売店前の綿飴機で、ふわふわの綿飴作ってもらったなって……ていうか、半分はいつも伯父さんが食べちゃったんですよ」

とはいえ……それが伯父さんの好物だった、とは考えにくい。

「……もうすぐ期限になっちゃうのに、全く伯父さんの好物なんて思いつかないや」

でも仕方がないのかもしれない。

「――僕も、お誕生日プレゼントをあげようか?」

「え?」

「『打算』だよ、青音。君が欲しくもないアメリカンドッグを欲しがるフリをしたように」

見透かされていて、僕は頬が赤くなるのを覚えた。

「あの……でも……」

「気にしなくていい。人間は元来打算的で、愛情を乞《こ》う生き物なんだ。そしてそれは彼も同じだ」

「伯父さんも……ですか?」

紫苑さんがゆっくり頷《うなず》いた。

「君が伯父さんに距離を感じていたのと同じように、伯父さんは君との間に距離を感じていたと思う……だから、試したいと思ったんだ。君の愛情をね」

「僕の、愛情……」

「別に珍しい事じゃない。神様だって自分を愛しているか試すために、羊飼いに息子を殺すように言うくらいだ——誰だって、愛されているという確信が欲しいのさ」

すぐ隣、雨に濡《ぬ》れるのをはしゃぐ、若い恋人同士のじゃれ合いを、彼は目を細めて見ながら言った。

「でも……」

そんな事言われても、答えは本当に見当もつかないんだ。

「難しく考える必要はないさ。答えは簡単だよ。君だけに用意できる答えを探せばいい。彼が君に望んでいる言葉をね」

「そんな事言われたってわかんないですよ！　僕は本当に子供だったんだ！」

「いいや。君は本当は答えを知っている。何故なら君に導き出して欲しい答えが、遺言書の答えだから。彼は君に答えられない答えは用意しない」

「でも伯父さんは、本当に何でも美味《おい》しそうに食べたんですよ！　伯母《おば》さんの料理も、二人で食べたキャンプご飯も、僕が作った下手くそなホットケーキだって！」

思わず声のトーンが大きくなってしまった僕に、紫苑さんがしーっと指を立てて、声を落とすよう合図した。

気がつくと、隣の若い恋人達が、心配そうに僕を見ていたからだ。

「だから、一品になんて絞れない」

僕は声をできるだけ小さく殺して、囁《ささや》くように言った。紫苑さんはそんな僕に、フフ、と笑った。

「でも、遺言書に『一品』という指定はないんだよ？　青音」

「……え？」

それを聞いて、僕はざわっと、うなじの毛が逆立つのを感じた。


通り雨はすぐにやんだ。

アメリカンドッグを買ってきてくれた望春さんに一言詫《わ》びて、僕は人混みの中を駆けだした。

「どしたの？　青。危ないよ走ると」

そんな僕の剣幕に驚いて、丁度通りかかった愛さんが僕を呼び止めた。

「あの、佐怒賀さん見ました⁉」

「そっち。子供達とフルーツ飴を探してた」

そう隣にいた勇気さんが、来た方向を指差した。

縁日は子供には魅力的すぎて、きっと沢山足止めされているのだ。

案の定、佐怒賀さんとお子さんは、まだ出店エリアの半分といったような地点で、フルーツ飴を見ていた。

ぽってりと飴に包まれた、大きなりんご、姫りんご、いちご、ぶどう、キウイにパイン。

佐怒賀さんは店のおじさんに、「いちご飴、三つ」と声をかけた。

「佐怒賀さん！」

「あら、どうしたの？　青音君も欲しかった？」

佐怒賀さんがふんわり笑った。

「いえ、そうじゃないです。遺言ですよ！　伯父さんの問題の答えです。わかりました！」

「…………」

「考えたんです……どうしても僕は、伯父さんの大好きな物を一品には絞れなかった。でも……そもそもそうじゃなかったんです！」

そこまで言うと、佐怒賀さんはわかった、と言うように僕を手の平で制止し、まずは店のおじさんからいちご飴を三つ受け取って、二つをそれぞれ自分の娘達に配った。

その表情は少し緊張している。

僕もだ。

「そう。じゃあ……聞きましょうか」

彼女がふうと、深呼吸をひとつして言った。僕もそれに倣った。

「だからきっと、伯父さんの好物は『僕と、伯母さんと、三人で囲むご飯——家族の食事』だと思います」

沈黙が流れた。
彼女は僕を見て、何も言わなかった。
その後。
佐怒賀さんが、手にしていたいちご飴を、僕にハイ、と手渡した。
「……加地さんはね。貴方《あなた》に、そう言って欲しかったの」
佐怒賀さんが笑う。

その時、再び雨が降り出した。
青い空から。
きっとまた通り雨だ。
優しい涙の雨が、泣き出した僕を抱きしめるように濡らした。

〈参考文献〉

『遺品整理士という仕事』木村榮治　平凡社
『時が止まった部屋：遺品整理人がミニチュアで伝える孤独死のはなし』小島美羽　原書房
『事件現場清掃人が行く』高江洲敦　幻冬舎
『遺品整理屋は見た!!』吉田太一　幻冬舎
『超孤独死社会 特殊清掃の現場をたどる』菅野久美子　毎日新聞出版
『特殊清掃』特掃隊長　ディスカヴァー・トゥエンティワン

本書は書き下ろしです。
この作品はフィクションです。実在の人物、団体等とは一切関係ありません。

涙雨《なみだあめ》の季節《きせつ》に蒐集家《しゅうしゅうか》は、

太田紫織《おおたしおり》

令和3年 6月25日　初版発行

発行者●堀内大示

発行●株式会社KADOKAWA
〒102-8177　東京都千代田区富士見2-13-3
電話　0570-002-301（ナビダイヤル）

角川文庫 22713

印刷所●株式会社暁印刷
製本所●本間製本株式会社

表紙画●和田三造

ISBN 978-4-04-111526-8　C0193

角川文庫発刊に際して

角川源義

第二次世界大戦の敗北は、軍事力の敗北であった以上に、私たちの若い文化力の敗退であった。私たちの文化が戦争に対して如何に無力であり、単なるあだ花に過ぎなかったかを、私たちは身を以て体験し痛感した。西洋近代文化の摂取にとって、明治以後八十年の歳月は決して短かすぎたとは言えない。にもかかわらず、近代文化の伝統を確立し、自由な批判と柔軟な良識に富む文化層として自らを形成することに私たちは失敗して来た。そしてこれは、各層への文化の普及滲透を任務とする出版人の責任でもあった。

一九四五年以来、私たちは再び振出しに戻り、第一歩から踏み出すことを余儀なくされた。これは大きな不幸ではあるが、反面、これまでの混沌・未熟・歪曲の中にあった我が国の文化に秩序と確たる基礎を齎らすためには絶好の機会でもある。角川書店は、このような祖国の文化的危機にあたり、微力をも顧みず再建の礎石たるべき抱負と決意とをもって出発したが、ここに創立以来の念願を果すべく角川文庫を発刊する。これまで刊行されたあらゆる全集叢書文庫類の長所と短所とを検討し、古今東西の不朽の典籍を、良心的編集のもとに、廉価に、そして書架にふさわしい美本として、多くのひとびとに提供しようとする。しかし私たちは徒らに百科全書的な知識のジレッタントを作ることを目的とせず、あくまで祖国の文化に秩序と再建への道を示し、この文庫を角川書店の栄ある事業として、今後永久に継続発展せしめ、学芸と教養との殿堂として大成せんことを期したい。多くの読書子の愛情ある忠言と支持とによって、この希望と抱負とを完遂せしめられんことを願う。

一九四九年五月三日

昨日の僕が僕を殺す

リュウグウノハナヨメ

太田紫織

あやかしたちのパン屋さんが、僕の家。

北海道、小樽《おたる》。男子高校生のルカは、人間に紛れて暮らすあやかし達が営むパン屋に居候中。自身でもあやかしや霊が視《み》えるようになり、おっかなびっくりの毎日だ。ある日、守り役で狗神憑《いぬがみつ》きの青年・榊《さかき》の姉が働く水族館へ遊びに行ったルカは、彼女を粘着質に見つめる不穏な女に気付き……。ほか、泣けて仕方がない、あるおばあちゃんとの物語や、都市伝説「テケテケ」にまつわるお話も収録。満腹間違いなしのホラーミステリ第2弾！

角川文庫のキャラクター文芸

ISBN 978-4-04-107119-9

昨日の僕が僕を殺す

壊された少女たち

太田紫織

心霊調査で、あやかしの友達のお悩み解決!?

北海道、小樽《おたる》。男子高校生のルカの世界は「あやかし」だらけ。居候中のパン屋を経営する汐見《しおみ》は本物の「天狗」だし、料理の名人ペトラは美人の「吸血鬼」。同級生で「狸」の田沼《たぬま》とも、最近やたらと仲がいい。しかし他にも雑多な恐ろしいモノが視《み》えて困惑気味。そんな中、田沼が片思いの女子の悩みを相談してきた。それは彼女の友達が「霊魂さま」という降霊術で「殺された」というもので……。ほっこり怖い青春系謎解き怪談、第3弾。

角川文庫のキャラクター文芸

ISBN 978-4-04-109192-0

江戸落語奇譚

寄席と死神

奥野じゅん

人気美形文筆家×大学生の謎解き奇譚！

大学２年生の桜木月彦《さくらぎつきひこ》は、帰宅途中の四ツ谷駅で倒れてしまう。助けてくれたのは着物姿の文筆家・青野短《あおのみじか》で、「お医者にかかっても無理ならご連絡ください」と名刺を渡される。半信半疑で訪ねた月彦に、青野は悩まされている寝不足の原因は江戸落語の怪異の仕業だ、と告げる。そしてその研究をしているという彼から、怪異の原因は月彦の家族にあると聞かされ……。第６回角川文庫キャラクター小説大賞〈優秀賞〉受賞の謎解き奇譚！

ISBN 978-4-04-111238-0